벽지 뜯기

우재윤

금 중편들, 한국 공포 문학의 밤

벽지 뜯기

우재윤

황금가지

차례

벽지 뜯기   7

1.

 흔하지 않은 방 탈출 게임을 찾던 중 '벽지 뜯기'라는 어플을 발견했다. 평점은 2.7로 낮은 편이었지만, 대강 넘겨본 후기에 독특하다는 평가가 있어 더 고민하지 않고 다운 받았다.

 '벽지 뜯기'의 다음 작업을 허용하시겠습니까?
 카메라, 갤러리

나는 모든 권한을 허용하고 게임에 접속했다. 개발사나 게임 로고도 없이 다짜고짜 방의 모습이 나타났다. 방은 최소한의 입체성을 띠고는 있지만 게임 속 공간답게 평면에 가까운 모습이었다. 버터 색깔의 누런 스위치와 낡아빠진 철제 서랍이 화면에서 보이는 전부였다. 여느 2D 방 탈출 게임처럼 여기서도 한 번에 하나의 벽면만 볼 수 있었다. 화면 양옆에 있는 흰색 화살표를 클릭해야 시야가 다음 벽면으로 전환되었다. 나는 오른쪽 화살표를 반복해서 눌렀다.

네 번째 벽에서 다시 첫 번째 벽으로 돌아온 순간 가슴이 답답했다. 나는 그 이유를 깨달았다. 이곳에는 다른 방 탈출 게임과 달리 화면 위나 아래로 이동하는 화살표가 없었다. 천장과 바닥 면을 추리에 포함시키지 않은 것이다. 저자본으로 만든 인디 게임 티가 났다.

그러나 답답함을 느끼는 근원적인 이유는 따로 있었다. 게임의 목적이 방을 탈출하는 것임에도 불구하고 방 안에 '탈출구'가 없다는 점이었다. 이곳에는 문이나 창문이 없었다. 바깥의 빛이 들어올 구석이 없었다. 만약 이게 현실의 방이었다면 실내가 암흑에 잠겨 아무것도 보이지 않았을 것이다. 그러나 다소간 비현

실성을 용인하는 온라인 게임 특성상 불이 꺼져 있어도 방의 사물을 어느 정도 분간할 수 있었다. 전등이 낡아 스위치를 올려도 어둑했다.

그리 좁지 않은 방에는 이상하리만치 가구가 없었다. 도산한 정신병원의 1인실 같았다. 첫 번째 벽에 있는 가구는 두 칸짜리 철제 서랍이 고작이었고, 그마저도 참혹하게 녹이 슬어 있었다. 두 번째 벽에는 싱크대처럼 번쩍거리는 스테인리스강 작업대가 놓여 있었다. 한쪽 모서리에 잘 닦인 집기들이 가지런히 모여 있는 작업대였다. 의료용으로 보이는 메스나 핀셋이 눈에 띄었다.

한편 그다지 깨끗해 보이지 않는 도구들도 있었다. 호링이 다리민 흰 기다린 망치와 공업용 톱이 그것이었다. 망치 머리와 톱날에 핏자국이 말라붙은 데다 머리카락 몇 올이 엉긴 걸로 보아 방 주인이 누군지 짐작이 갔다.

이곳은 살인자의 방이었다.

나는 작업대의 높이가 일반적으로 기대되는 수준보다 한참이나 낮다는 점에 주목했다. 넉넉하게 쳐줘도 내 무릎까지밖에 오지 않을 것 같았다. 이렇게까지 낮을 필요가 있는지 의문이었다.

그러다 내가 의사나 해부학자가 아니라 살인자를 상대하고 있다는 사실을 유념했다. 사람의 몸을 조심스레 옮기는 건 놈의 관심사가 아니었다. 놈에게 몸이란 축 늘어진 고깃덩이에 불과했다. 무거운 짐을 들고 내리는 데에는 낮은 작업대가 제격일 것이었다. 아니면 단순히 앉은 자세로 작업하는 걸 선호하는지도 몰랐다.

다음은 세 번째 벽이었다. 아무리 내가 인디 게임을 좋아한다지만, 이건 어처구니없을 정도로 휑뎅그렁했다. 보이는 것은 화면 중앙에 있는 벽시계가 전부였다. 분침은 어디다 팔아먹었는지 보이지 않고, 외로운 시침만이 문자반의 7을 가리킨 채 멈춰 있었다. 나는 시계 모양이 원형이 아니라 위아래로 늘어진 타원형이라는 점에 주목했다. 일상에서였다면 시계 모양에 의문을 제기하지 않았을 것이다. 그러나 이것은 방 탈출 게임이었다. 단서를 모아 해답을 찾는 추리 형식의 게임. 시계 디자인으로 타원형을 택했다면 특별한 이유가 있을 것이었다.

마지막 네 번째 벽에는 엉망진창으로 방치된 책상이 놓여 있었다. 용도가 불분명한 온갖 잡동사니가 검불덤불 뒤엉켜 있는 모습이, 어떻게든 게으름을 형상화

하겠다는 그악스러운 집념처럼 느껴졌다. 책상 밑동에는 암청색 봉제 인형이 기대어져 있었다. 얼굴이 있어야 할 자리에 매끈한 흰 가면을 씌워 놓은 인형이었다.

가면의 눈코입은 펜으로 여러 번 덧그린 것처럼 섬세하게 묘사되어 있었다. 동공이 열리고 입이 벌어진 모습이 무척 고통스럽게 죽은 사람의 얼굴을 따라 그린 것 같았다.

어수선한 책상 위로, 속지가 누렇게 바랜 공책이 펼쳐져 있었다. 클릭하자 공책이 확대되었다.

9월 10일
나는 방에 갇혔다. 어디로 가든 방이 나를 따라다닌다.
여기서 빠져나갈 방법을 모르겠다.

화면 아무 곳을 누르자 창이 닫혔다.
방의 주인은 살인자였다. 그래서 이 공책도 살인일지 같은 것일 거라고 생각했었다. 그런데 지금 보니 일기의 주인은 따로 있는 듯했다. 살인자라기보다는 납치당한 피해자가 쓴 듯한 모양새였기 때문이다. 낯선 방으로 잡혀 와 언제 무슨 일을 당할지 모르는 공포 속에서 살아가는 사람.

공책은 어느새 다시 펼쳐져 있던 그대로의 모습으로 돌아가 있었다. 표지가 어떤 색인지 잘 보이지 않았다. 아마도 푸른색 계열인 것 같았다.

지금쯤 죽었겠지. 이 일기를 쓴 사람은.

스산한 기운이 척추를 타고 내려갔다. 썩어 문드러진 손가락이 다리를 스친 것처럼 소름이 끼쳤다. 죽은 사람에게는 몹쓸 일이지만, 망자의 소지품을 보고 만졌다는 사실에 거부감이 들었다.

그러나 그런 마음도 잠시, 나는 이성을 찾았다. 내가 누군가를 꺼릴 만한 형편이 아니었다. 이 방에 갇혔고 여기서 빠져나갈 방법을 모르는 일기 속 화자의 상황. 이는 플레이어인 '나'의 처지와 동일했기 때문이다. 어쩌면 이 일기도 플레이어 자신이 쓴 것일지도 몰랐다.

그런 생각에 빠져 있는데, 이쪽을 바라보는 시선이 느껴졌다. 책상 아래 가면을 쓴 인형이 등을 비스듬히 누인 채로 나를 뚫어져라 바라보고 있었다. 그 모습은 내게 영안실의 풍경을 떠오르게 했다. 나의 지인이 죽어 있는 곳. 분명 내가 아는 얼굴이지만, 생기가 빠져나간 얼굴은 무섭도록 낯설다.

견디기 힘든 충동이 온몸을 벌레처럼 긁어댔다. 저

징그러운 가면을 벗기고 싶다. 가면 뒤에 감춰진 민낯을 까발리고 싶다.

그러나 나는 손가락을 거둬들였다. 나에게는 순서가 있었다.

2.

방 탈출 게임의 꽃은 도구 수집이다.

그러나 게임 제작자가 내놓은 수수께끼를 제대로 풀어내려면, 무작정 탈출 도구를 수집하는 일은 피해야 한다. 주먹구구식 공략이 당장은 빠를지 몰라도 어려운 수수께끼를 만난 순간 난파되기 십상이다. 남이 풀어놓은 공략을 그대로 베끼지 않기 위해서는 모든 방 탈출 게임의 기본적인 요소, 그리고 다른 방 탈출 게임과 구별되는 '벽지 뜯기'만의 특이성을 우선 점검할 필요가 있다.

대부분의 방 탈출 게임은 도구를 담는 보관함을 제공한다. '벽지 뜯기'에는 여느 방 탈출 게임처럼 도구 보관함이 화면 오른편을 세로로 길게 차지하고 있었다. 보관함에는 벌써 도구 하나가 들어 있었다. 껌을

떼거나 벽지를 뜯는 데 사용하는 헤라였다. 찾아내지도 않았는데 이미 보관함에 담겨 있는 데다가, 벽지를 뜯는다는 헤라의 용도는 '벽지 뜯기'라는 어플 이름에 꼭 들어맞았다. 이 두 가지 사실을 통해 헤라가 플레이어와 오래도록 함께할 기본 도구라고 유추할 수 있었다.

'벽지 뜯기'의 특이성은 다른 방 탈출 게임에 비해 오브젝트가 터무니없이 적다는 사실이었다. 그중에서도 세 번째 벽은 괄목할 만했다. 집기라고는 정지된 시계뿐이었기 때문이다.

시계를 클릭하니, 화면이 타원형 시계를 중심으로 조금 확대되었다. 그러자 확대되기 전 기본 배율에서는 보이지 않았던 점이 눈에 들어왔다. 멈춘 줄로만 알았던 시침이 움직이는 듯 보였던 것이다.

그것은 7에서 벗어나고 싶어 하는 것처럼 제자리에서 움찔거렸다. 그 모습이 거미줄에 걸려 죽어가는 나비의 경련 같기도 했다.

시침을 더 가까이서 보기 위해 화면을 벌리는 핀치 아웃 동작을 반복해서 수행했다. 그러나 화면을 확대할 수 있는 배율에는 한계가 있었다.

그러다 벽시계가 아니라 그 아래를 눌러버린 건지,

난데없이 텅 빈 벽면이 확대되었다. 이상한 일이었다. 방 탈출 게임에서 화면이 확대되는 것은 오로지 그곳에 플레이어가 활성화할 수 있는 요소가 있을 때뿐이었다. 가구도 장식도 없는 벽면을 어떻게 활성화할 수 있다는 말인가?

순간 깨달음이 머리를 때렸다. 금방이라도 찢어질 듯한 낡은 벽지들. 마치 자신을 뜯어주기만을 기다리는 듯 너덜거리는 것들.

배경에 자리하고 있다고 해서 배경으로만 여기는 것은 오산이었다. 각각의 벽지 조각들은 독자적인 아이템일지도 몰랐다. 그 아래 자신만의 비밀을 품고 있는.

이 게임에 유난히 가구가 적은 까닭은 바로 이것이었다. 벽지 조각 하나하나를 활성화할 수 있다면, 다른 방 탈출 게임처럼 잡다한 가재도구는 필요치 않다. 전율이 온몸을 훑었다. 그것이 이 게임의 이름이 '벽지 뜯기'인 이유일 것이었다.

그런 생각으로 벽 이곳저곳을 짚어본 나는 실망했다. 벽은 확대할 수 있는 배율이 제한돼 있을 뿐 아니라, 아무 벽이나 확대할 수 있는 것도 아니었다. 시스템에서 정해준 지점만 확대가 가능했는데, 타원형 시계 아래의 벽은 그중 하나였다. 아니, 유일한 듯했다. 이쪽

저쪽을 클릭해 보아도 반응하는 지점이 없었기 때문이다.

상심한 나는 다시 벽시계가 있는 세 번째 벽으로 돌아왔다. 이렇게 된 이상, 확대 가능한 벽지만이라도 자세히 관찰하기로 했다.

오랜 시간 통풍구가 없는 공간에서 습기를 머금었다가 뱉어내기를 반복한 벽지는 바다의 잔물결처럼 울어 있었다. 어떤 부분은 물 먹은 수건처럼 축 늘어진 반면, 다른 부분은 고목처럼 툭 불거져 있었다. 가장 께름칙했던 것은 피 묻은 손가락이 쓸고 간 듯한 길고 얇은 진갈색 자국이었다. 그것은 여기서 탈출하려고 했던 누군가의 절박한 시도로 보였다.

가까이서 보니 벽지는 현실에서 실행될 가능성이 희박한 방식으로 붙여져 있었다. 다른 방에 벽지를 붙이고 남은 자투리를 사용한 것처럼 모양과 크기가 제각각이었던 것이다. 그것은 어린아이가 제 입맛대로 기운 조각보를 연상시켰다. 얼핏 보면 색깔이나 재질이 상동해 보였지만, 놀랍게도 같은 종류의 벽지는 단 하나도 없었다. 이는 개별적인 벽지 조각 뒤에 서로 다른 힌트가 숨어 있을 거라는 나의 추리에 힘을 실어주었다.

어떤 부분은 벽지와 벽지 사이의 경계가 흐릿한 반면, 어떤 부분에는 희미한 실금이 있었다. 이 실금은 단순히 경계를 표시한다기보다는 특정한 형상의 일부를 형성하는 것처럼 보였다. 그것이 전체적으로 어떤 모양인지 지금으로서는 알 수 없었다.

확대된 벽에서 무언가를 발견한 내 눈이 찌푸려졌다. 아까는 미처 발견하지 못했던 홈이 벽지 중앙에 나 있었다. 그것은 작은 조각칼로 도려낸 것처럼 오목하게 패어 있었다.

구멍 주위의 벽을 손가락으로 톡톡 두드렸다. 벽지와 벽지 사이의 경계선도 꼼꼼하게 눌러보았다. 아무렇게나 붙인 벽지라고 해서 아무렇게나 뜯어지는 것은 아니었다. 화면은 닫힌 금고처럼 어떤 변화도 없었다. 벽지를 뜯는 데 알맞은 도구를 사용해야 하는 모양이었다.

혹시나 하는 마음에 보관함 속 헤라를 꺼냈다. 가용 상태가 된 헤라를 벽지 사이의 실금에 대고 클릭했다. 화면 아래 경고문이 떴다.

'벽지를 뜯을 수 없습니다.'

도구가 적절하다고 해서 바로 벽지를 뜯을 수 있는 것도 아니었다. 아무래도 '벽지 뜯기'라는 건 이 게임에서 가장 핵심적인 이벤트일 테니까, 일정한 조건을 충족해야 가능한 일인 것 같았다.

벽지는 이 정도로 살펴보고, 나는 방 탈출 게임에서 가장 탐욕적인 활동에 돌입했다. 바로 도구 수집이었다.

먼저 첫 번째 벽. 철제 서랍 위 칸에 커터칼이 들어 있었다. 나는 그것을 보관함에 담았다. 아래 칸은 잠겨 있었고, 클릭하니 덜컥덜컥 소리가 났다. 서랍 한가운데에 열쇠 구멍이 있었다.

두 번째 벽. 작업대 이곳저곳을 누르니 메스가 보관함에 담겼다. 커터칼과 메스. 모두 무언가를 베고 자르는 데 쓰이는 도구들이었다.

벽시계가 있는 세 번째 벽에서는 아무런 도구도 얻을 수 없었다.

책상이 있는 네 번째 벽. 일기장 주변을 뒹굴던 펜을 찾아냈다. 점이나 선을 그려야 할 때 요긴하게 쓸 수 있을 것이다. 일기장도 클릭해 보았는데, 아까 보았던 문장이 나타났다. 일정한 시간이 지나거나 특정한 조건이 갖춰져야 다음 내용을 공개하는 시스템인 듯했다.

'설마 하루 단위는 아니겠지.'

현실에서 하루가 지나야만 다음날의 일기를 열람

하는 것이 가능하다면, 그야말로 비효율적인 방식이 아닐 수 없었다. 그렇지만,

'이 맛에 인디 게임 하지.'

나는 씩 웃었다.

그 웃음은 오래가지 못했다. 책상 아래 인형이 전혀 재미있지 않다는 표정을 하고 이쪽을 바라보고 있었기 때문이다. 죽은 가면의 얼굴은 이 세상 모든 즐거움을 삼켜버릴 듯한 고통의 비명을 쉴 새 없이 뱉어 내고 있었다. 엄청난 고문을 받다 죽은 사람의 얼굴. 마치 얼굴이 쥐어짜이는 듯한 괴로움이 거기 있었다. 가면의 표정이 흩뿌리는 진한 죽음의 냄새가 스마트폰 화면을 넘어올 것 같은 느낌에 얼른 손가락으로 인형을 눌렀다. 인형이 쓰고 있던 달걀형 가면이 보관함에 담겼다.

가면이 벗겨짐과 동시에 인형의 맨얼굴에서 엉망으로 솜이 터져 나왔다. 내가 벗긴 것이 가면이 아니라 얼굴 가죽이었다는 듯이 끈적한 피가 배어 나오기 시작했다, 인형의 얼굴을 적실 만큼 많은 양의 시뻘건 핏물이 턱에 모였다가 더는 고이지 못하고 뚝뚝 흘러내렸다.

가면을 벗기자마자 벌어진 일이어서 내가 인형의

얼굴을 제대로 분간할 수 있는 시간은 없었다. 그러나 목구멍이 터지기 직전에 목격한 인형의 얼굴에서, 나는 불쾌한 기시감에 사로잡혔다.

화면을 만진 손가락 끝이 전기가 통한 듯 찌릿찌릿했다. 스마트폰 화면에 내 얼굴이 비쳤다.

영안실의 시신 위에 있는 시트가 스르르 걷혔다. 죽은 지인의 얼굴인 줄로만 알았던 가면의 얼굴은 어느새 내 얼굴로 바뀌어 있었다.

그 순간 스마트폰 화면이 번쩍거리며 빛을 냈다. 지잉 하는 요란한 소리가 났다.

놀란 가슴은 발신자를 본 순간 거짓말처럼 가라앉았다.

"어, 왜."

내 목소리는 시큰둥했다. 나는 엄마가 무슨 말을 할지 알았고, 그래서 받고 싶지 않았다. 물론 그것은 내가 전화를 받고 싶지 않은 수만 가지 이유 중 하나에 불과했다.

받지 않으면 어떻게 될까. 엄마는 서른 번이고 쉰 번이고 통화 버튼을 누를 것이었다.

"이사 준비는 하고 있니?"

나는 손톱을 뜯으며 딴청을 피웠다. 벽지 뜯기를

열심히 하긴 했지.

"방 보고 있어."

거짓말은 아니니까.

"시험은?"

"준비 중이야."

"혼자 공부한다고 늘어지면 안 돼."

"……."

"여유 부릴 때 아니라는 거 너도 알지."

나는 입술을 잘근잘근 물었다. 슬슬 나올 때가 됐는데.

"네 형이 저러니 너라도—"

아, 초 쳤다.

게임 할 맛이 완전히 떨어져 버렸다.

3.

방 탈출 게임의 제1원칙.

사용 가능한 도구, 다시 말해 보관함에 담을 수 있는 도구는 적어도 한 번씩은 사용되어야 한다. 그것들은 모두 일종의 떡밥으로서 반드시 회수되어야 한다.

체호프의 총과 마찬가지. 이야기 속에 총이 등장하면 그것은 언젠가 발사되어야 한다.

반대로 말하면, 이미 사용한 도구를 재사용할 가능성은 낮다는 의미이기도 하다. 각 도구들은 한 번 사용되면 가치를 상실한다.

나는 가지고 있는 물건을 정리했다.

보관함에 담긴 물건들: 헤라(기본 도구), 커터칼, 메스, 펜, 달걀형 가면.

사용된 도구는 효용 가치를 잃는 게 보통이지만, 게임의 시작부터 보관함의 첫 번째 자리를 차지하고 있던 헤라는 예외였다. 그것은 기본 도구로서 몇 번이고 사용될 공산이 컸다.

이어 쓸 만한 단서들도 적어 내려갔다.

단서1. 높이가 낮은 작업대.
단서2. 조각보처럼 붙여진 벽지들.
단서3. 벽지 사이의 희미한 선.
단서4. 타원형 벽시계.
덧붙임: 시침밖에 없는 바늘. 7에 멈춰 있으나 거기

서 벗어나려는 듯 보인다.

단서5. 벽지 중앙에 팬 홈.

단서6. 두 번째 서랍의 열쇠 구멍.

단서7. 얼굴이 터진 인형.

덧붙임: 내 얼굴?

메모를 다시 읽어보았다. 직관적으로 효용성이 느껴지지 않는 단서들이 있었다. 작업대의 높이나 인형이 그랬다. 그것들은 방을 탈출하는 데 직접적으로 도움이 되는 장치라기보다, 분위기를 조성하고 게임의 내막을 암시하는 배경 설명에 가까워 보였다.

제작자가 밝혀주는 게임 콘셉트와 비하인드 스토리를 듣는 걸 선호하는 편이기에 배경 단서에 대해 생각해보고 싶었지만, 당장은 방 탈출에 직결되는 단서들부터 고려하기로 했다.

3에서 5까지의 단서는 그중 가장 주목할 만한 것이었다. 벽지에 난 실금과 구멍은 둘 다 시계 아래, 확대 가능한 벽지에 있었다. 3, 4, 5번 단서가 하나로 연결될 가능성이 높다는 소리였다. 지금으로서는 아무런 감이 오지 않았지만.

오늘의 일기를 눌렀다.

9월 11일

칼로 배를 가르자, 비명이 공기를 찢는다.

어둠 속에서는 공포가 더 선명하게 보인다.

한 번 더 읽었다. 혼란스러웠다.

어제는 일기를 쓴 사람이 납치당한 피해자라고 생각했는데, 오늘 보니 순전히 쾌락형 살인자가 아닌가.

기분 나쁜 일기 내용은 차치하고, 일기가 전달하는 힌트는 쉽고 명확했다. 살인자는 칼로 배를 갈랐다. 나도 똑같이 해야 한다.

보관함에서 메스를 선택했다. 그러자 도구가 가용 상태로 바뀌면서 오른손에 쥐어졌다. 메스를 쥔 손 그대로 책상 아래 있는 인형을 클릭했다.

아무런 변화가 없었다. 메스는 인형을 가르는 도구가 아닌 모양이었다. 칼을 쥔 상태에서 보관함을 한 번 더 클릭하니 메스가 도로 보관함에 담겼다.

다행히도 플레이어가 사용할 수 있는 칼은 하나 더 있었다. 서랍 위 칸에서 얻은 커터칼.

커터칼을 인형의 배에 대고 누르자 '찌직 찍' 하는 효과음이 들리면서 인형의 배가 갈라졌다. 인형은 배에 약병을 품고 있었다.

새로운 물품인 약병이 보관함에 담겼다.

나는 금이 간 벽지를 발견한 순간부터 그것과 짝이 맞는 도구를 찾아 헤맸다. 벽지를 뜯어내야 하니 헤라가 사용되어야 하는 건 맞는데, 거기에 중간 과정이 빠져 있었다. 그리고 방 탈출 게임계의 만능 물품인 '약병'은 중간 처리 과정에 알맞은 물건이었다.

약병을 벽시계 아래 구멍이 난 벽 주위에 뿌렸다. 그러자 본래의 것보다는 선명하지만 여전히 모호한 영역에 머물러 있는 옅은 선이 생겨났다.

뒤이어 떠오른 메시지는 나를 경악하게 했다.

60초 후 표식이 사라집니다.

뭐라고? 나는 약물을 벽에 써버렸고, 약병은 비어 있었다. 그 말인즉슨 약병은 한 번밖에 사용할 수 없는 소모품이라는 얘기였다. 게다가 또 다른 약병을 구할 수 있는 수급처도 알려지지 않은 상태였다. 그런데 1분이라는 시간제한을 둔다니, 어처구니없는 난이도였다. 갑자기 어플의 낮은 평균 별점이 이해될 듯했다.

나는 헤라를 꺼내 선에 대고 눌렀다.

벽지를 뜯을 수 없습니다.

중간 과정이 더 필요했다. 헤라를 넣고 메스를 집었다. 먼저 메스로 그어주면 헤라로 뜯기 좋게 갈라질 것이다. 그러나.

선이 잘 보이지 않습니다.
선이 잘 보이지 않습니다.

무용한 클릭을 반복하는 동안 속절없이 20초가 흘렀다. 시간제한까지 건 주제에 까다롭게 굴고 있었다. 어쩌라는 거냐는 마음이 울컥 솟았지만, 침착하게 떠오른 메시지를 해석했다. 선이 잘 보이지 않는다……. 잘 보이지 않는다면 진하게 만들면 된다. 기껏 한두 사람이 고안했을 조잡한 인디 게임, 희미한 표식을 진하게 만들 방법이란 뻔했다. 바로 덧그려주는 것.
보관함에서 펜을 꺼내 표식 주위를 클릭했다. 이번에야말로.

선이 잘 보이지 않습니다.

그사이 시간은 반으로 줄었다.

30초 후 표식이 사라집니다.

뭐야, 펜으로 그어지지 않으면 어떡하라는 건데!
그 순간 머릿속에 오늘 자 일기의 내용이 스쳤다.

어둠 속에서는 공포가 더 선명하게 보인다.

어둠 속에서.
나는 재빨리 스위치가 있는 벽으로 가서 불을 끄고 다시 돌아왔다.
조금 전 벽에 뿌린 약물이 형광 물질이었던 모양이다. 약물이 닿은 벽이 푸르게 빛나고 있었고, 벽지 사이의 경계선도 더 선명하게 보였다. 나는 보관함에서 펜을 꺼내 경계선에 대고 클릭했다.
그제야 화면에 유의미한 효과가 나타나면서, 선들이 그리는 모양이 확연하게 드러났다.
조금 삐뚤빼뚤하긴 했지만 드러난 그림은 지붕이 있는 단층집 같았다.

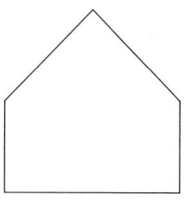

 이제야 제대로 된 도안이 나타났다는 확신이 들었다. 망설이지 않고 메스를 꺼냈다.

 메스를 도안에 대고 클릭하니 시스템이 자동으로 메스를 움직이며 벽에 칼집을 냈다. 일련의 동작이 끝나자 벽지와 벽지 사이가 금방이라도 벌어질 듯 뚜렷하게 갈라졌다.

 이제 남은 일은 하나뿐이었다. 헤라로 들어내는 것.

 지이이익.

 벽지가 죽은 낙타처럼 펄럭거리며 늘어졌다.

 마침내 벽지를 뜯어냈다는 쾌감도 잠시, 후유증이 나를 강하게 덮쳤다.

 벽지 뒷면은 새까만 곰팡이에게 점령당한 상태였다. 벽지 본연의 색은 한 톨만큼도 찾아볼 수 없이 곰팡이가 빽빽하게 들어차 있었다. 화면 너머의 광경인데도 유해한 곰팡이 포자가 콧속 점막에 달라붙는 기분이 들었다. 눈에 보이지는 않지만 다른 벽지들도 틀

림없이 새까맣게 뒤덮여 있을 것이었다. 곰팡이가 겉으로 드러나지 않았던 게 의아한 수준이었다.

이런 수준인데도 어째서 곰팡이가 겉으로 드러나지 않았는지 의아했다.

조각 난 벽지를 들어낸 자리에는 검은 벽이 있었다. 시멘트벽의 회색 빛깔은 찾아볼 수 없었다. 검정보다 더 짙은 검정만이 벽을 삼켜버릴 듯 우글거리고 있었다. 그곳은 내가 알지 못하는 다른 차원의 우주였다. 보통의 우주처럼 진공 상태에 무척 고요했으나, 별처럼 빛나는 것은 하나도 없었다. 응시하고 있으면 잡아먹힐 듯한 어둠뿐이었다. 영혼 저변에 음산함이 내려앉는 듯했다.

나는 세차게 고개를 저었다.

'이건 그저 게임일 뿐이야. 나는 그냥 게임에서 요구하는 과업만 수행하면 돼.'

그런 생각으로 벽지 뒷면과 벽의 검은색을 클릭하고 온갖 도구를 사용해 보았지만, 아무런 변화도 일어나지 않았다. '벽지 뜯기'란 단순히 벽지를 뜯는 게 아니라 그 뒤에 있는 곰팡이에 화학 처리를 가해야 하는 시스템인 것 같았다. 나는 잘라낸 벽지 조각을 도로 덮어두었다.

그 뒤로는 영 진전이 없었다. 하루에 하나씩 공개되는 일기 내용을 알지 못하면 깰 수 없는 구조인 듯했다. 오늘만 해도 일기에 쓰인 힌트 덕분에 다음 단계로 넘어갈 수 있었다. 만약 다음 날 일기 내용을 게임 속 재화로 사게 하고, 재화를 인앱 구매로 결제하게 하는 시스템이었다면 돈 좀 만졌을 텐데. 정직하게도 하루 단위로 일기를 풀고 있었다.

'이쯤에서 마감하자.'

게임의 목적인 '벽지 뜯기'도 일부 달성했으니, 내일 일기가 공개될 때 나머지 작업을 수행해야겠다. 오늘 게임은 끝. 엄마가 다시 전화하기 전에 이사할 집부터 찾아봐야지.

밀린 숙제를 하듯 부랴부랴 부동산 어플을 켰다. 탐색 지역과 예산을 설정하자 매물이 주르륵 떠올랐다. 화면을 슬라이드 하며 적당한 집을 목록에 담았다. 그중 마음에 드는 집은 알뜰하게 캡처까지 했다. 정말 괜찮은 집을 찾으려면 동분서주하며 발품을 팔아야겠지만, 당장 급한 불은 숙제 검사에서 살아남는 일이었지 이사는 아니었다.

양반은 못 되는지, 어플을 닫자마자 엄마가 전화를 걸어왔다. 내 목소리에서 여유가 묻어나왔다.

"어, 엄마. 나 방 많이 봐뒀어."

"우혁이가 전화를 안 받아."

아, 받지 말걸.

"문도 안 열어줘. 네가 한번 찾아가 봐라."

"무슨 얘길 해요. 형도 말이 없는걸."

"그래도 네가 동생이니까—"

"나 바빠요. 끊어."

망할 박우혁. 전화 안 받는 게 하루 이틀인가. 어디 방구석에 처박혀서 게임이나 하고 있겠지.

말을 뱉고 나니 조금 찔렸지만 나는 박우혁이랑 달랐다. 박우혁은……

관두자. 이미 세상이 끝난 것처럼 구는 염세주의자인데 뭘 비교해. 형 신경 쓰다 보면 끝도 없다. 내 할 일이나 해야지.

이사할 집 후보를 캡처해둔 걸 보려고 갤러리에 들어갔다. 그런데 못 보던 사진 폴더가 생겨나 있었다.

[wallpaper]

바탕 화면 이미지로 쓰이는 파일명에서 많이 보이던 영어 단어였다. 내가 배경 화면을 다운 받았던가?

폴더 미리보기로 보이는 대표 사진으로는 순전히 검은색밖에 보이지 않았다. 폴더를 클릭하니 총 다섯 장의 사진이 있었다. 가장 최근 사진을 클릭했다. 무척 어두운 사진이긴 하지만 옆으로 길쭉한 물체를 분간할 수 있었다. 물체에서 속이 꽉 찬 고치처럼 무게감이 느껴졌다. 사진을 휙휙 넘겼다.

놓여 있는 위치는 조금씩 달랐으나 다섯 장의 사진에는 전부 기다랗고 묵직한 물체가 놓여 있었다. 뒤집힌 보트 같기도 하고, 거대한 마트료시카 같기도 했다. 가슴이 조여들었다. 그것의 생김새는 사람을 조마조마하게 하는 구석이 있었다.

사진 하나를 클릭했다. 손가락으로 휴대폰 가장자리를 쓸어내리자, 밝기 조절 창이 내려왔다. 약간의 망설임 끝에 화면 밝기를 최대로 올렸다.

어둠이 문질러놓았던 윤곽이 선명해지며, 물체의 형상이 나타났다.

거기 사람이 누워 있었다. 살아 있는 것 같지 않았다. 몸이 부자연스럽게 뉘어 있었다. 팔다리는 딱딱하게 굳어 몸통에 바싹 붙어 있었다. 마치 관에 들어 있던 걸 막 건져낸 듯이.

나는 시신의 얼굴에 손가락을 대고 벌렸다. 휴대폰

화면이 확대되며, 땀에 젖은 손자국이 지저분하게 지나갔다.

생명이 빠져나간 창백한 나의 두 눈이 어둠 속에서 천장을 올려다보고 있었다.

손가락에서 흘러내린 휴대폰이 힘없이 바닥으로 떨어졌다. 팔에 전기 자극을 가한 것처럼 솜털이 일제히 일어났다. 숨이 가빠지고 심장이 쿵쿵 뛰었다.

휴대폰을 해킹당한 게 분명해. 그러나 아무리 생각해보아도 해킹당할 만한 짓을 한 기억이 없었다. 수상한 링크를 클릭하거나 보안이 취약한 사이트를 방문하지도 않았다. 최근에 다운 받은 어플이라고는—

[wallpaper]

새로 생긴 폴더명이 눈앞을 지나갔다. 월페이퍼. 직역하면 벽지.

'벽지 뜯기'를 처음 다운 받을 때 아무 생각 없이 '예' 버튼을 클릭했던 질문도.

'벽지 뜯기'의 다음 작업을 허용하시겠습니까?
카메라, 갤러리

설마. 말도 안 돼. 권한 허용은 어디까지나 제한적으로만 가능한 것이지, 어플에서 멋대로 카메라 어플을 작동시켜서 내 얼굴 정보를 수집해도 된다는 의미는 아니잖아. 도덕적인 부분은 차치하고서라도, 애당초 이쪽에서 카메라를 켜지도 않았는데 내 얼굴이 딥페이크 이미지 조작에 사용되는 게 기술적으로 가능한 거야?

믿을 수 없었지만 현재로서는 '벽지 뜯기'를 제외하고 다른 가능성은 떠오르지 않았다.

바닥에서 휴대폰을 집었다. 갤러리에서 소름 끼치는 사진들을 삭제하고, 스토어로 들어가 처음에 제대로 확인하지 않았던 별점 평가들을 살펴보았다. 그러자 옅은 의심에 불과했던 것이 사실로 드러났다. 나와 똑같은 일을 겪은 듯한 사람들이 남긴 혼란과 분노의 글들이 보였던 것이다.

뿐만이 아니었다. 일련의 아우성 아래에는 이전에 보지 못한 엄중한 경고가 있었다.

절대 다운 받지 마세요. 안 지워집니다.

심장이 차갑게 가라앉았다. 손가락이 관련된 정보

를 찾아 빠르게 위아래로 움직였다.

이거 왜 삭제가 안 되죠?
어플 지우는 법 알려주실 분. 제발요.

가슴이 쿵쿵 뛰었다. 당장 어플을 찾아 삭제 버튼을 눌렀다. 정보 처리 중을 나타내는 동그란 회색 아이콘이 빙글빙글 돌았다. 수 초의 기다림이 영겁처럼 느껴졌다.

마침내 어플이 삭제되었다는 알림창이 떴다. 긴장이 탁 풀렸다. 그러나 안심할 수는 없었다. 평소 나는 어플을 임의로 분류하여 각기 다른 폴더에 수납하고 있었다. 7 모든 폴더를 하나하나 클릭해서 우중충한 회색 벽이 그려진 아이콘이 들어 있는지 확인했다. 문제의 어플은 보이지 않았다. 마지막으로 기기 옆구리를 꾸욱 눌러 전원을 껐다 켜보았다.

없다. 완전히 삭제되었다.

한바탕 난리를 겪고 나니 졸음이 쏟아졌다. 스토어에 별점 1점을 남기고 사용자 평에 한마디 남기려던 나는, 내리누르는 눈꺼풀에 저항하지 못한 채 그대로 잠에 빠져들었다.

4.

눈을 떴을 때는 그 방에 있었다.

'벽지 뜯기'.

그러나 이곳을 방이라고 부르기에는 문제가 있었다. 보이는 것은 단지 한 면의 벽. 거기 맞닿아 있는 다른 네 개의 면— 바닥, 천장, 그리고 양옆의 벽— 은 지극히 일부만 보였다. 나는 분명 화면상이 아니라 맨눈으로 방을 보고 있었다. 그러나 내 시야는 프레임으로 제한된 것처럼 고정되어 있었다.

마치 2D 그래픽 기반의 방 탈출 게임 속으로 들어온 듯했다. 다른 벽을 보려면 화살표를 눌러야 했다. 그러면 시야가 옆으로 '넘어갔다'. 휴대폰 화면을 넘길 때처럼 말이다. 시야로 담아낼 수 있는 건 오직 벽면 하나였다. 보다 넓은 관점에서 방 전체를 조감할 수는 없었다.

기묘한 느낌이었다. 머리통이 꼬치에 꿰인 것처럼 오로지 앞만 보도록 고정되어 있었다. 반면 안구의 움직임은 자유로웠다. 시야의 오른편으로, 예의 도구함이 둥둥 떠 있었다. 휴대폰 화면에서 보던 것과 똑같았다.

그리고 엄청난 악취. 화면 너머로는 알 수도 없었고 알고 싶지도 않았던 역겨운 냄새가 코를 찔렀다. 썩은 고깃덩이에서 나오는 비린내와 그것을 덮어버리기 위한 세척제 향이 축제를 벌였다. 속이 뒤틀리고 구역감이 돌았다.

입으로 숨을 쉬면서 나 자신을 추슬렀다. 간단한 문제였다. 꿈속에서 냄새가 난다면, 꿈에서 깨어나면 된다.

그러나 말처럼 쉽지 않았다. 팔을 꼬집으려 해도 손이 움직이지 않았고, 다리는 땅에 붙은 것처럼 떨어지지 않았다. 미칠 것 같은 기분이었다.

시간이 흘렀고, 나는 손가락 하나 까딱하지 못한 채 머리부터 발끝까지 땀에 젖어 있었다. 움직일 수도 깨어날 수도 없었다.

자포자기한 나는 할 수 있는 일을 하기로 했다. 이 꿈이 '벽지 뜯기'에 관한 것이라면, 방을 탈출하면 그만 아닌가.

'벽지 뜯기'는 기본적인 효과음을 제외하고 배경 음악이 없는 게임이었다. 꿈속의 방도 배경 음악은 없었다. 다만, 현실에서만 느낄 수 있는 미세한 공간감이 귀를 통해 느껴졌다. 덕분에 이전에 대강 유추했던 방의 크기를 좀 더 정확하게 가늠할 수 있었다. 나는 귀를 기울였다.

방은 고요했다. 심장이 불안하게 고동쳤다. 마치 내가 귀를 기울이는 것을 알고 방이 일부러 자신을 고요하게 만든 것 같은 느낌이 들었다.

시야를 넘겨 둥그런 시계가 걸린 벽으로 이동했다.

단층집 모양으로 뜯어냈던 벽지는 일전에 덮어둔 대로 벽에 붙어 있었다. 단층집 중앙에 파인 홈도 그대로였다.

구멍을 더 가까이서 보고 싶었다. 물론 발은 움직이지 않았다. 그러나 가까이서 보고 싶다는 생각만으로도 무빙워크에 탄 것처럼 몸이 벽을 향해 스르르 미끄러졌다. 마치 카메라 줌이 당겨지듯, 시야가 구멍을 중심으로 확대되었다.

무서운 기분이었다. 구멍을 보려는 것은 나의 의지인데도, 오히려 구멍이 나를 끌어당기고 있었다. 나는 고개를 돌리지도 못하고 벽에 점점 가까워졌다.

더는 확대 불가능한 지점에 이르자, 신체를 옥죄고 있던 제약이 풀어졌다. 나는 고개를 비틀어 보았다. 손을 공중으로 뻗어 보았다. 발을 바닥에서 떨어뜨려 보았다. 결코 대단한 수준은 아니었지만 얼마간 움직이는 것이 가능해졌다. 나는 작고 어두운 웅덩이를 물끄러미 바라보았다.

알 수 있었다. 나에게 운신의 자유를 가져다준 것은 바로 저 구멍이었다. 그것은 유혹적으로 패어 있었다. 마치 이리로 다가와 자신을 만져보라는 듯이.

저항할 이유가 없었다. 나는 벽에 다가갔다. 가까워질수록 세부 사항이 선명하게 드러났다. 벽지 표면에는 나무껍질처럼 섬세하게 반복되는 무늬가 있었다. 그리고 구멍. 자세히 보니 그것은 가장 깊은 곳에서부터 쩍쩍 갈라져 있었다. 마치 가문 날의 웅덩이 같았다.

놀랍게도 물소리가 구멍의 안쪽에서 들려왔다. 나는 구멍에 귀를 대려고 했다. 그러나 귀가 벽에 붙을 만큼 고개를 틀 수가 없었다. 나는 최대한 이마를 벽에 비스듬히 붙였다.

그르르륵.

깜짝 놀라 고개를 바로 했다. 그러나 그것이 불행이었다.

내 코가 구멍에 바짝 닿았다.

"우욱!"

톡 쏘는 듯한 구린내가 코를 덮쳤다.

본능적으로 몇 걸음 물러났다. 구멍에서 멀어지자,

머리가 꼬챙이에 꿰인 듯한 감각이 다시 찾아왔다. 두 손이 차렷 자세를 하듯 허벅지에 붙었다.

나는 구멍을 노려보았다. 농락당한 기분이 들었다. 물소리가 날 리 없었다. 벽지 뒤에는 새까만 곰팡이뿐이었다.

'정말 곰팡이일까.'

이 냄새는 단순한 곰팡내와는 달랐다. 퀴퀴한 정도가 아니라 즉각적으로 구역감을 일으키는 악취였다. 게다가 구멍 안쪽에서 나는, 액체가 요동치는 듯한 소리.

아무래도 다시 살펴봐야겠다는 생각이 들었다.

같은 실수를 두 번 할 수는 없었다. 이번에는 숨을 너무 깊게 들이쉬지 않으려고 노력하며 구멍으로 다가갔다. 구멍에 가까워지자 다시 신체의 자유가 늘어났다. 허벅지에 붙었던 손이 떼어지고 굳어 있던 다리가 움직였다.

헤라를 꺼내 단층집 모양 벽지를 밀어냈다. 새카맣게 변색된 벽이 드러나고, 고약한 냄새가 훅 끼쳤다. 그러나 구멍에서 나는 것만큼 고약하지 않았다. 이상한 일이었다. 넓은 면적의 벽지를 들어냈으니, 좁은 구멍에서보다 더 심하게 냄새가 나야 하는 것 아닐까.

그때 벽지 뒷면에 회색빛을 띠는 무언가가 보였다.

너무 작아 스마트폰 화면으로는 분간할 수 없었던 것이었다.

가까이서 들여다보자, 여섯 자리 숫자가 식별되었다.

132934.

방 탈출 게임에서 반드시 등장하는 숫자 힌트였다. 일삼이구삼사. 여섯 자리 비밀번호 같았다. 나중에 써먹을 구석이 있을 것이다.

벽지 뒷면에서 힌트를 발견했으니 더 이상 가까이서 들여다볼 이유가 없었다. 나는 벽지를 덮고 한 걸음 뒤로 물러섰다. 다시 구멍에 대해 생각해보고 싶었다.

우리의 구멍은 잘라낸 벽지의 중앙에 나 있었으나, 그 위치가 아주 정중앙은 아니었다.

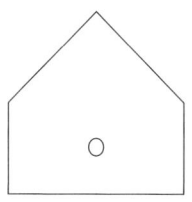

그것은 단층집의 천장보다는 바닥에 가깝게 패어

있었다. 문짝을 달면 적당할 법한 위치였다.

홈의 모양은 무언가를 쑤셔 넣기 좋게 한가운데를 중심으로 갈라져 있었다. 갈라진 틈에 맞는 것을 끼워 넣어 보라는 듯이.

비록 문은 보이지 않았지만, 문고리가 있으면 좋겠다는 생각을 했다. 그걸 구멍에 꽂고 잡아당기면 숨겨진 문이 열릴지도 몰랐다.

어디 문고리로 써먹을 만한 거 없나······.

그런 상념에 빠져 있는데, 낯선 소리가 귀를 간지럽혔다.

슥삭슥삭.

신경이 곤두섰다. 무언가 스치는 듯한 소리.

슥삭슥삭슥삭.

가벼운 물체가 좌우로 빠르게 움직이는 소리 같기도 했다.

방 안에 내가 아닌 다른 무언가가 있었다.

나는 뒤를 돌아보지 못했다. 머리통이 꿰인 내가 볼 수 있는 것은 언제나 앞면뿐이었다. 오로지 눈앞에 있는 하나의 벽.

손발이 얼음장처럼 굳어 꿈쩍하지 않았다.

서걱서걱.

소리가 변했다. 무겁고 둔탁하게. 그제야 나는 먼 젓번의 소리가 무엇을 의미했는지 알아차렸다.

 그것은 고기를 써는 소리였다.

 기겁한 나는 구멍이 있는 벽을 확대했다. 구멍은 내가 조금이나마 움직일 수 있는 자유를 주었다. 나를 보호할 최소한의 방어책이 필요했다.

 내 의도를 눈치챈 듯 뒤에서 들려오는 소리도 달라졌다.

 천천히, 부드럽게 칼질을 하던 도살자는 칼을 쥔 손에 힘을 주었다.

 써걱써걱.

 구멍에 가까이 이르렀다. 손발이 풀려났다. 재빨리 몸을 돌려 방어 자세를 취하려 했다. 그러나 거미줄에 걸린 듯 몸이 허공에 단단히 걸려 있었다. 아무리 힘을 주어도 일정 각도 이상으로 몸을 돌릴 수 없었다. 내 몸짓은 무의미한 발버둥에 그쳤다.

 포식자는 여유롭게 칼질 소리를 높였다. 믿을 수 없을 만큼 강하고 선명한 소리.

 써걱.

 단 한 번의 칼질로도 뼈와 살을 동강 낼 수 있는 힘이었다. 소리는 내 목을 썰어버릴 듯 지척에서 들려왔다.

나는 거미줄에 걸린 벌레처럼 몸통을 좌우로 마구 휘둘렀다.

그러자 물 만난 망나니가 신들린 듯 칼을 움직였다. 칼질 소리가 새하얗게 높아졌다.

마치 미친 사람의 웃음소리 같았다.

써걱써걱써걱써걱.

비명을 지르며 눈을 떴다.

티셔츠가 땀으로 푹 젖어 있었다. 오한으로 턱이 덜덜 떨렸다. 낯익은 이불이 내 몸을 둘러싸고 있었다.

나는 정신질환자처럼 원룸 벽지를 노려보았다. 단조롭고 칙칙한 벽들이 이쪽을 굽어보며 서서히 나를 조여왔다. 점점 좁아지도록 설계된 방처럼.

눈을 꾹 감았다 뜨자 환상은 사라졌다. 벽은 수직으로 서 있었고, 어둠은 평범했다.

엄마 말이 맞았다. 한시바삐 이사 갈 집을 구해야 했다. 이 집에 머무는 동안 좋은 일이라고는 없었다.

다시 잠들기 전에 어플 스토어를 켰다. '벽지 뜯기'의 별점 평가를 남기려다 말았던 것이 떠올라서였다.

그런데, 없었다.

'벽지 뜯기'뿐만 아니라 '벽지'와 '뜯기'를 따로 검색

해도 어플은 보이지 않았다.

처음부터 존재하지 않았던 것처럼.

5.

다음날, 부동산 어플을 보다가 입에서 피를 토하는 인형의 잔상을 세 번 목격하고 나서야 나는 동지를 찾아 나섰다.

안 그래도 '벽지 뜯기' 어플이 존재하기는 했던 건지 의심하던 차였다. 이 와중에 반복해서 보이는 인형의 환상은 스스로를 믿을 수 없게 만들었다. 이 모든 수동이 내가 만들어낸 허깨비가 아니라는 증거가 필요했다.

그룹채팅
<벽지를 뜯는 사람들>
벽지뜯기 방탈출게임
2/100명

오픈채팅방 목록에서 벽지를 뜯는 사람들을 만났

을 때는 오아시스를 찾은 기분이었다. 그건 이 정신 나간 방 탈출 게임이 실재한다는 의미였고, 내가 미치지 않았다는 증거였다.

단톡방은 아무나 출입하는 것을 허용하지 않았다. 인원은 고작 두 명이었는데도.

참여 코드: 벽지 안쪽의 숫자

비밀번호 힌트가 적힌 난에는 그렇게 쓰여 있었다. 즉시 여섯 자리 숫자가 떠올랐다. 132934.

평소 기억력에 자신 있는 편이 아니었기에 단 한 번 본 숫자를 기억했다는 사실이 놀라웠다. 뿌듯해하며 숫자를 입력하다가 문득 소름이 끼쳤다.

벽지 안쪽의 숫자. 그건 게임이 아니라 꿈속에서 보았던 것이었다.

입력 버튼을 누르자 화면이 보라색으로 전환되며 닉네임을 설정하는 창이 떴다. 비밀번호가 들어맞은 것이다.

내가 꿈속에서 본 번호를 다른 플레이어들도 알고 있다. 내가 꾼 것은 단순히 꿈이 아니라 게임의 일부였다.

머리가 아팠다.

짧은 고민 끝에 닉네임을 '신'으로 설정했다. 그건 내 이름 박우신의 마지막 글자였고, 여러모로 평범한 인간에 불과한 내가 절대자가 된 기분을 느끼게 해주었다.

그러나 막상 방으로 들어가 보니 다들 알파벳 한 글자를 사용하고 있었다. B 그리고 방장 K. 이것이 이 방의 규칙인가 싶어 닉네임을 G로 바꾸었다. 그것이 신(god)의 이니셜이기도 하기에.

― 안녕하세요.

망설일 것 없이 바로 메시지를 남겼다.

― 저 좀 도와주실 수 있을까요.

안 읽은 사람 수를 표시하는 숫자 2가 1로 바뀌었다. B 아니면 K. 둘 중 누구일까.

기다려도 답이 없었다. 초조해진 나는 몇 마디를 덧붙였다.

― 다들 같은 꿈을 꾸고 계신가요.

또 읽었다. 읽는 사람은 있는데 답이 없다.

단톡방에 참여 중인 멤버 목록을 다시 확인했다. B와 K. 프로필 사진 하나 없는 낯선 이들. 문득 이 단톡방의 존재도 '벽지 뜯기' 제작자가 구상한 게임의 일부가 아닐까 하는 편집증적인 생각이 들 즈음, 답이 왔다.

— 정말 알고 싶은 게 그거야?

시비조의 어투라고 생각했지만, 그것은 순수한 질문이었다. 나중에야 알았지만 K는 사회성의 안테나가 고장 난 사람이었다.

나는 벽지 게임에 관해 아는 것을 전부 알려달라고 했다. K는 순순히 내 질문에 대답했으나 나는 그가 회의적인 사람이라는 인상을 받았다. '벽지 뜯기'를 플레이하고 있다면 그도 내가 겪은 악몽을 겪었을 텐데, 이 모든 일이 마치 남 애기인 양 굴었던 것이다.

돌이켜보면 내가 그가 겪은 악몽을 과소평가하고 있었다는 생각이 든다. 감당 가능한 이상의 비극을 겪은 사람은 현실 감각이 떨어지는 법이다.

K에 의하면, 단톡방의 사람들 모두가 어플을 삭제한 밤에 '벽지 뜯기'의 꿈을 꾸었다. 나는 내가 어플을 삭제하게 된 계기를 떠올렸다. 내 얼굴을 합성한 다섯 장의 시신 사진.

채팅방의 멤버가 처음부터 2명이었던 것은 아니었다. 이전에는 그보다 많았다고 했다. 그들 모두가 얼굴을 합성 당했다. 자기 얼굴이 박힌 딥페이크 사진을 보고도 어플을 남겨둘 사람이 있을까.

— 있을 리가.

K의 대답이었다.

— 삭제하지 않고는 못 배기지. 네 폰을 해킹하는 어플을 그냥 놔둘래? 무슨 바이러스가 있을 줄 알고.

— 그렇다면 이곳을 거쳐 간 사람 모두가…….

어플을 삭제하는 순간 꿈의 덫으로 떨어지게 된다.

— 그래, 우린 매일 밤 꿈에서 벽지를 뜯고 있어.

그때 악몽을 멈출 그럴듯한 해결책이 떠올랐다.

— 만약 어플을 다시 다운 받을 수 있다면…….

그럼 꿈 대신 휴대폰으로 게임을 진행할 수 있지 않을까. 아무래도 꿈보단 디지털 화면 쪽이 덜 끔찍하니까.

K는 딱 잘라 말했다.

— 그런 방법은 없어. 너도 검색해 봤으니 알 텐데.

'벽지 뜯기'는 어플 스토어 어디에도 없었다. 시무룩함도 잠시, 나는 궁금해졌다. 2명보다 많았다던 채팅방 멤버들. 그들은 어디로 간 걸까. 무사히 '벽지 뜯기'에서 탈출한 걸까.

그가 문제의 거울에 대해 언급한 건 그때였다.

— 게임을 진행하다 보면 늦든 빠르든 거울을 발견하게 돼.

— 거울요?

— 아직 거기까진 이르지 않았나 봐?

K는 거울이 게임 속에서 반드시 거쳐야 하는 단계라며, 거울을 찾아내는 방법을 일러주었다.

잠시 기다려달라고 말한 뒤, K가 알려준 방법을 소중하게 캡처했다. 내 어조는 기대감으로 들떴다.

— 거울을 이용하면 방 뒤편을 볼 수 있겠네요?

— 무슨 소리야? 거울을 왜 봐?

그는 내가 미친 사람이라도 되는 양 굴었다. 나는 얼떨떨했다.

— 거울을 사용하라고 방법을 알려준 거 아니었어요?

— 절대 사용하지 말라고 알려준 거야.

그는 미리 일러두지 않으면 내가 결국 거울을 보게 될 거라고 말했다. 그리고 거울을 본 사람은 오래지 않아 사라진다고 했다.

— 사라진다니요?

— 말 그대로야. 증발하는 거지.

— 잠수 탄다고요?

K가 빙긋 웃는 이모티콘을 보냈다. 참 순진한 녀석이라는 듯이.

— 차라리 그랬으면 좋겠네.

그제야 나는 진지하게 받아들였다. 사라진다는 것은 말 그대로였다.

― 실종······된다는 말인가요?

간신히 쌓았던 희망의 탑이 모래성처럼 무너졌다.

― 게임을 플레이했던 사람 모두가?

― 그래.

이들이라면 공략을 알고 있을 줄 알았건만. 이 회색 방에서 탈출한 사람은 없었다.

K는 자신보다 늦게 '벽지 뜯기'를 시작한 사람보다 자신이 더 오래 살아남은 이유를 "궁금해하지 않는 습성"이라고 말했다.

이 방은 처음부터 문이 없었다. 탈출구가 없는 게임이다. 그런데도 방 탈출 게임을 표방하는 방식에는 숨은 목적이 있었다. 무슨 목적인지는 몰라도, 게임의 향방은 집단적인 실종으로 귀결되었다.

사라진 사람들이 어느 낙원에 간 것도 아닐 터. 정석대로 게임을 진행하는 건 방을 고안한 자가 미리 파둔 함정에 뛰어드는 거나 다름없었다. 그것이 K가 거울을 발견하는 방법을 알고 있는데도 실행하지 않는 까닭이었다.

― 등 뒤에서 들려오는 소리 들었지?

― 고기 자르는 소리요?

― 그래. 슥삭슥삭.

K는 그 소리가 거울을 들여다보지 않고는 못 배기게 만든다고 말했다.

― 거울을 보게 되는 건, 뒤쪽에서 뭔가 다가온다고 생각해서야. 보이지 않는 존재가 나에게 다가온다는 사실이 뼈가 시리게 두려워서, 거울로 뒤를 살피게 되는 거지.

나는 그가 말한 내용을 잠시 가늠해 보았다.

― 그럼 거울만 보지 않으면 안전한 건가요?

키득거리는 이모티콘이 왔다.

― 나를 봐. 내가 죽었니?

할 수만 있었다면 K는 내 어깨를 툭 쳤을 것이다.

그의 말을 완전히 신뢰할 수는 없었지만, 그렇다고 믿지 않기도 어려운 일이었다. K와 나, 그리고 미지의 B만이 이 세상에서 벽지를 뜯는 게임에 대해 아는 유일한 사람들 같았다. 아니, 애당초 이게 게임이 맞기는 한 걸까?

우리가 이야기를 나누는 동안 B는 코빼기도 비치지 않았다. B가 확인하지 않은 가운데 K와 기나긴 메시지를 주고받고 있다는 사실이 신경 쓰였지만, 그렇다고 별달리 할 수 있는 일은 없었다.

K는 이제 점심을 먹어야겠다며 작별 인사를 했다.

— 예? 오후 4시인데요?

— 나한텐 점심이야. 그럼 오늘도 즐거운 악몽 돼라.

B는 느지막한 저녁에야 연락이 닿았다. 나는 B의 길고 끈질긴 부재로부터 그가 K만큼이나 음침한 인간일 거라는 생각을 은연중에 하고 있었다. 내 추측은 틀렸다.

"그 아저씨 겁쟁이야."

또래 여자애의 목소리가 말했다. B는 낮에는 절대 오픈채팅방에 들어오지 않았다. 밤마다 악몽을 꾸는 것만으로 골치가 아픈데, 낮에도 그 소름 끼치는 방에 대해 생각하고 싶지 않다는 것이 이유였다.

내가 말했다.

"그 사람, 아저씨야?"

"딱 봐도 모르겠어? 말투며 생각하는 거하며, 완전 아저씨인데."

나는 헛기침을 했다. 긴장한 내 목소리를 듣는 게 어색했다.

"왜 그래?"

B가 물었다. 나는 목소리를 가다듬었다.

"크흠, 넌 모르는 사람하고 전화하는 게 아무렇지도 않아?"

"전화가 편하거든. 단톡에서 이런 얘기 할 수도 없잖아. 아저씨는 겁쟁이라느니."

"그렇지만," B는 모르는 사람이나 다름없는 나에게 선뜻 자기 번호를 주었다. 그것은 과도한 친밀함의 표시로 느껴졌다. 나는 이런 요지의 말을 최대한 돌려서 표현했다. "까놓고 말해서, 내가 미치광이 사이코패스일 수도 있잖아."

그러자 B가 깔깔댔다.

"그러는 너는? 나한테 순순히 전화를 걸었잖아. 내가 미치광이 사이코패스일 수도 있는데."

"글쎄, 영 안 믿기는데."

이제는 안다. B에게 상대가 누군지는 중요하지 않았다. 누구와 대화를 나누든 아무 상관이 없었다. 정해진 운명이 바뀌는 것도 아니었다.

휴대폰 너머로 들려오던 웃음이 차츰 줄어들었다. B가 '벽지 뜯기'라는 악몽을 떠올리고 있음을 알 수 있었다.

"증발하고 나면, 얼마 후에 다른 플레이어가 문자를 받게 돼."

B의 음성이 무겁게 가라앉았다.

"K가 얘기 안 해줬겠지. 겁쟁이니까." B가 말했다. "단톡방에서 친하게 지냈던 애가 있었어. 소혜라고."

"……."

"걔가 증발하고 문자를 받은 건 나였어. '등'. 그 한 단어뿐이었지."

B는 내가 아니라 아주 먼 곳에 대고 말하는 것 같았다.

"등이라고?"

"응. 팔이나 다리라고 오기도 하지만, 등이라고 보낸 사람이 제일 많았대."

나는 입을 다물었다. 사람이 사라진 다음, 신체 부위 중 하나를 뜻하는 단어가 문자로 온다. 이것이 무엇을 뜻하는 것일까?

"K가 지금까지 몇 통의 문자를 받았는지는 모르겠어. 사람들이 점점 사라지는데도, 아저씨는 무사했다고 그랬으니까."

"너는 거울을 봤어?"

"하, 그놈의 거울!"

B가 코웃음을 쳤다.

"K가 그러지? 거울을 보지 말라고. 하지만 방 탈출

게임의 제1원칙은—"

"모든 도구는 반드시 한 번 이상 사용되어야 한다."

B가 맞장구를 쳤다.

"맞아! K도 알아. 거울을 사용하지 않으면 게임이 다음 단계로 진행되지 않는다는 걸. 그러면서도 매일 밤 악몽을 감내하고만 있는 거야. 그게 가장 안전하다면서!"

나 또한 매일 찾아오는 악몽은 사절이었다. 애초에 이 꿈을 꾸지 않기 위해서 단톡방에 찾아온 거니까.

"소혜가 그랬어. 거울 속에 기묘한 점이 있다고. 아저씨는 너 같은 뉴비한테 그걸 말해줘봤자 궁금증만 키울 뿐이라고 말하겠지. 거울 속에 뭔가 있다고 생각하게 만드는 건 게임 마스터가 판 함정이라면서. 그 아저씨 머릿속은 음모론으로 가득하다니까. 하지만 난 그게 탈출구와 관련 있다고 생각해. 그게 결정적인 힌트라고."

나는 열심히 고개를 끄덕였다. B가 내 모습을 볼 수 없다는 걸 알면서도.

"거울을 본 사람들은 전부 사라졌어. 사실이야. 하지만 K처럼 버텨봤자 게임 오버되는 건 마찬가지야. 너도 알지, 그 소리."

B가 주위를 살피듯 조심스레 말했다. '서걱서걱.'

B는 두려워하고 있었다.

"그게 언제까지나 소리로만 머물러줄 거라 생각해?"

6.

B와의 통화는 내용상 평범함과는 거리가 멀었지만, 기묘하게도 내게 안정을 가져다주었다. 그건 B가 보통의 범주에 드는 사람이었기 때문이라고 생각한다. 요 며칠 정신 나간 상황을 겪고 나니, 평범한 사람과의 대화가 얼마나 반가웠는지 모른다.

K의 태도가 질렸다는 듯 말해도, B가 실은 그에게 정이 많이 들었다는 사실도 알 수 있었다. B가 자기에게 전화를 걸라고 한 것도 그 방증이다. B는 내게 전화번호를 전달함으로써, 만일 자신이 잘못됐을 경우 K가 아닌 내가 문자를 받도록 조정한 것이다. K가 그동안 여러 통의 문자를 받아왔고, 여러 사람을 잃었기 때문이다. B는 자신을 오래 알아 온 K보다는 초면이나

마찬가지인 내가 문자를 받는 편이 나을 거라고 판단한 게 분명하다. 게임 시스템이 B의 의도대로 따라줄지는 별개의 문제겠지만.

B가 나를 물 먹였다고 생각할 수도 있었다. 하지만 그다지 기분이 나쁘지 않았다. 두 사람의 말을 종합해 볼 때 K는 현재에만 안주하는 패배주의자나 다름없었다. 남은 사람이 신체 부위가 포함된 문자를 받는다는 중요한 정보를 내게 알려주지도 않았다. 만약 B의 문자를 받아도 K는 숨기려 들 것이다. 그럴 바에야 차라리 내가 B의 문자를 받는 편이 나았다.

나는 이불을 끌어당겼다. 잠이 들면 그 방으로 갈 것이다. 하지만 오늘은 달랐다. 나와 같은 일을 겪는 사람들이 있다는 것만으로 용기가 솟는 느낌이었다.

* * *

누가 그랬지? 용기가 솟는다고.

차가운 묘비 같은 회색 벽을 마주하자 그런 생각은 온데간데없이 사라졌다. 이 방이 무덤 같다는 건 글자 그대로의 의미였다. 죽음이 홀로 맞이해야 하듯이, 이 방 또한 혼자 마주해야 하는 것이었다. 다른 사람이라는 게 존재한다면 그것은 먼 바깥세상 얘기였다.

오늘의 일기에는 업데이트된 힌트가 있을 터였다. 그러나 나는 그것이 필요하지 않았다. K가 내게 거울까지 다다르는 일련의 공략을 알려주었기 때문이다.

물론 K는 거울을 보지 말라고 엄중하게 경고했다. 나도 거울을 볼 생각은 없었다. 그러나 거울을 보지 않으면 게임이 진행되지 않는다는 B의 의견에도 일리가 있었다. 그래서 절충안을 찾았다.

언제든 다음 단계로 넘어갈 수 있도록 거울을 찾아놓되, 그것을 사용하지는 않기로.

나는 머릿속에 있는 공략을 차근차근 실행했다.

먼저 7시를 가리키는 벽시계.

K가 일러준 대로 헤라를 시계 가장자리에 가져다 댔다. 힘을 주자 시계가 어렵지 않게 벽에서 분리되었다. 헤라는 벽지를 뜯는 데 사용되었지만, 기본 도구라서 그런지 여러 번 재사용되었다.

시계가 있던 자리에 타원형 자국이 남았다. 시계가 원형이 아니라 타원형인 이유를 밝힐 차례였다. 나는 도구함에 든 달걀형 가면을 꺼냈다. 달걀형 가면은 시계가 뜯어지고 남은 자국에 딱 들어맞았다.

가면을 벽에 붙이자, 벽이 덜덜거리며 진동했다. 시계 아래 있는 단층집 모양 벽지가 유난히 심하게 흔들렸다. 확대해서 보니, 단층집 중앙에 패인 홈이 거세게 떨리고 있었다.

나는 눈을 가늘게 떴다. 홈의 갈라진 모양이 더 검고 짙어졌다.

속이 뒤집히는 냄새와 함께 구멍이 벌어졌다. 벌어진 틈으로 검고 긴 물체가 튀어나왔다. 반사적으로 손을 내밀어 그것을 받았다.

구멍을 비집고 나온 것은 작은 열쇠였다.

열쇠에는 끈적거리는 검댕이 잔뜩 묻어 있었다. 그것을 보관함에 집어넣는 수고를 하지는 않았다. 열쇠가 필요한 구멍은 하나뿐이었기 때문이다. 잠겨 있던 두 번째 철제 서랍.

열쇠를 갖다 대자, 철컥철컥 금속성을 내며 서랍이 해금되었다. 서랍 안에는 락스가 들어 있었다.

시계가 있는 벽면으로 돌아와, 벽지를 뜯어낸 자리에 락스를 뿌렸다. 그러자 끈적한 검정이 사르르 녹아내리고 연식이 오래된 거울이 나타났다. 거울을 쳐다보지 않도록 주의하며 조심스레 보관함에 담았다.

등 뒤에서 웃음을 억누르는 소리가 들렸다.

깜짝 놀란 나는 화면을 옆으로 휙휙 넘겼다. 사람의 모습은 보이지 않았다. 방의 사면 그 어디에도.

말이 되지 않았다. 가구도 얼마 없는 이곳에 숨을 만한 공간은 없었다.

신경이 곤두선 내 모습에, 참지 못하겠다는 듯 키득거림이 새어 나왔다.

아이의 웃음소리였다. 이곳에 나 말고 다른 존재가 있었다. 그 존재가 보이지 않는다는 사실이 불안하기는 했지만, 누군가 있다는 사실만으로 안도감이 들었다.

아이는 이제 숨기지 않고 밝게 웃었다. 그 웃음이 아이답게 순진해서, 나는 순간 도와달라고 소리칠 뻔했다.

내 입을 다물게 한 것은 작업대가 있는 벽면의 풍경이었다.

서서 작업하기에는 높이가 너무 낮았던 작업대. 그것은 시신을 옮기기 수월하도록 만들어진 것이 아니었다. 그렇다고 앉은뱅이 살인자의 것도 아니었다.

그것은 이 아이의 소유였다.

서걱서걱.

소리가 시작되었다. 내 얼굴이 공포로 허옇게 질리자 아이가 악마처럼 깔깔거렸다.

숙련된 도살자의 절도 있는 동작. 힘과 자신감과 짜릿함으로 전율하는 칼날의 끝.

그 소리는 자신이 수없이 썰어온 뼈와 살에 대한 확신으로 반짝반짝 빛나고 있었다.

서걱서걱서걱.

어떻게 어린아이가 저런 힘을 낼 수 있을까. 웃음소리는 분명 아이의 것이었지만, 정말 어린 아이의 얼굴을 하고 있을지는 알 수 없었다.

보관함 속 거울이 유혹적으로 반짝였다. 거울을 보면 확인할 수 있을 텐데.

써걱써걱.

딱 한 번만, 딱 한 번만 보면······.

욕망으로 머리가 흐릿했다.

평범한 벽지를 발견한 건 그때였다

내 신경은 시야 오른쪽에 있는 도구함에 쏠려 있었다. 그래서 오른쪽 가장자리에 있는 문제의 벽지를 발견할 수 있었다.

도구함에 가려 잘 보이지는 않았지만, 쭈글쭈글한 다른 벽지들과 달리 그것은 판판했다. 마치 가정집 벽지처럼 산뜻한 돌고래 무늬가 있었으며, 그래서 더없이 평범해 보였다.

그것은 이 방에 있는 어떤 벽지보다 오래된 것이었다. 원래는 연두색에 가까웠을 색, 그러나 시간의 작용을 받으며 무채색으로 산화되었을 색. 거기에 무늬가 있다고 말하는 것이 민망할 정도로 닳아빠진 벽지는 민무늬 벽지와 거의 구분되지 않았다.

아름다운 돌고래.

그것은 이 지옥과도 같은 공간에 어울리지 않는 요소였다. 내 직감이 저것이 탈출구와 관련 있다고 속삭였다.

그사이 소리는 더욱 사납게 변했다.

썩썩썩썩썩썩.

잠이 깼다.

7.

나는 버스를 타고 형의 집으로 가고 있다. 오늘 아침 엄마가 들이닥쳤기 때문이다.

"우신아."

엄마가 커다란 김치통을 텅 내려놓았다.

"우혁이 김치 갖다줘라."

"나한테 주지 말고 형한테 바로 갖다주면 되잖아."
"문도 안 열어주고 버리겠다는 걸 어째."

김치통을 냉장고에 넣으며 부산을 떨던 엄마가 일순 멈추었다. 그러더니 나의 식탁 겸 간이책상을 오래 들여다보았다. 거기에는 내가 펴놓은 자격증 시험 준비 책이 있었다.

"별일이네."

엄마가 다시 하던 일을 계속했다.

엄마는 내가 김치를 가져다주면 형이 따듯하게 환대하리라 생각하는 것 같았다. 실상 나도 문전박대당하는 건 마찬가지였는데 말이다.

나는 불만스럽게 뇌까렸다.

"형은 음침해."

"박우신."

엄마가 무섭게 고개를 돌렸다.

"잘 들어. 네 형만큼 착한 성정을 가진 사람은 없어."

어렸을 때부터 지겹게 듣던 말이었다. 나는 속으로 콧방귀를 뀌었다. 엄마는 현실을 보고 싶은 대로 보고 있었다.

엄마는 형이 중학생 이후로 망가졌다는 사실을 인

정하지 못했다. 초등학교 때는 형의 신체장애가 문제없었지만—모두가 형을 알았고, 형은 인기 있는 축에 속했다—중학교에 가니 상황이 변했다. 형을 알던 친구들도 모두 형을 모른척하거나 심하게는 따돌림에 가담했다. 따돌림이 얼마나 심각한지 형은 절대 말하지 않았다. 하지만 담임 교사가 부모님에게 연락해 우려를 표했고, 얼마 후 형은 학교에 나가길 거부했다.

깊은 새벽, 불 켜진 부엌에서 부모님이 대화하던 것을 엿들었던 게 기억난다.

"우신이랑은 다른 애야."

"쟤를 어쩌면 좋지……."

나와는 다른 나의 형 박우혁.

차창 밖을 바라보며 고개를 털었다. 지금 형이 중요한 게 아니었다. 당면한 문제에 집중해야 했다.

거울을 찾았다고 말하자, K는 무덤덤하게 말했다.

— 언젠간 발견하게 될 줄 알았지, 그래도 너무 빨랐는데.

— …….

— B가 너를 제대로 구워삶았나 보구나.

아니라고, 당신은 겁쟁이고 난 아니기 때문이라고, 비겁한 당신과는 다르게 난 방에서 탈출할 거라고 말하고 싶었다.

하지만 막상 반박하려니, 내 생각이라는 게 B의 것과 크게 다르지 않았다. B가 자기 생각을 내게 주입하기라도 한 것처럼 말이다. 내가 정말 B에게 휘둘리고 있는 걸까.

아침에 일어나자마자 보낸 문자에 B는 답장이 없었다. B가 낮에는 '벽지 뜯기'에 관한 이야기를 꺼린다는 건 알았지만 그래도 씁쓸했다. 나의 존재조차도 B에게는 그저 떠올리고 싶지 않은 악몽의 일부인가 싶어서.

K에게 일반 벽지에 대해 물어보았다. 돌고래가 그려진 벽지.

K는 이미 알고 있었다.

— 방이 너를 잡아먹으려는 거야. 돌고래가 아주 귀엽고 희망차게 생겨서 널 밖으로 데려다줄 것 같지? 그건 함정이라고. 모르겠어?

모르겠다. 그냥 K가 미친놈이라는 것만 알겠다.

K가 도움이 되지 않았기에, 혼자 돌고래에 대해 싸매고 생각했다. 그게 뭔가 힌트일 거라 생각했지만 뾰족한 수는 떠오르지 않았다. 어릴 때 누가 돌고래 자동 보트를 타고 왔다고 자랑해서, 아빠한테 나도 돌고래 보트를 타고 싶다고 졸랐던 것만 기억났다. 여행 전날 계단에서 넘어져 다리를 다치는 바람에 형 혼자 돌

고래 보트를 탔지만 말이다.

 돌고 돌아 형 얘기로 돌아오고 말았다. 정말이지 형은 그만 생각하고 싶다.

 "우혁이는 너를 사랑해." 엄마가 말했다. "다른 건 다 의심해도 그건 의심하면 안 돼."

 나는 픽 하고 웃음을 흘렸다. 그래, 자애로운 형이 이 동생을 얼마나 사랑하는지 볼까.

 형은 방과 화장실이 하나씩인 복도식 아파트에 혼자 살았다. 905호의 벨을 누르고 "나야, 형." 하고 말한 지 한참 후에야 휠체어 소리가 났다.

 끼릭끼릭.

 그리고 낮게 쿵, 하고 문턱을 넘는 소리가 났다. 어둠 속에서 바퀴를 굴리는 형의 모습을 어렵지 않게 그려볼 수 있었다. 낮이 저물어가는 오후, 아파트에 해가 들지 않는 시각임에도 불구하고 형은 불을 켜지 않았다.

 "놓고 가."

 김치통을 갖고 왔다고 말하자 형이 한 말이었다. 목소리는 짜증스럽지 않았고 오히려 친절했다. 다정함에서 나오는 친절함이 아니라, 불편하지만 중요한 고객을 상대하는 듯한 인내심이 느껴졌다. 그건 그거대로 달갑지 않았다. 겉으로는 친절하니 이쪽에서 딴지를 걸 명분이 없었기 때문이다. 엄마를 문전박대 했던 것을 한 소리 하려고 했던 나는 할 말이 없어지고 말았다.

"어어, 응……."

이대로 돌아갈 순 없었다. 타이밍을 놓치긴 했지만, 뒤늦게 뭐라도 말해보려고 입을 뗐다. 단단히 마음먹고 온 건데도 내 목소리는 무딘 칼처럼 아무것도 베지 못했다.

"형, 엄마 오면 문 좀 열어줘."

답은 없었다.

"전화도 좀 받고. 솔직히 나도 좀 귀찮지만, 그래도 받아. 잘…… 지내고."

역시나 응답은 없었다.

그렇게 돌아서려는 순간, 문 너머 어두운 곳에서 희미한 유령처럼 응, 하는 대답이 울렸다.

나는 복도를 되짚어 걸어갔다. 엘리베이터에 다다랐을 때쯤 현관문이 열리는 소리에 905호를 돌아보았다.

형의 창백한 팔이 문 앞에 놓인 김치통을 끌어당기는가 싶더니, 맥없이 문이 닫혔다.

8.

느지막한 저녁이 되자 B로부터 문자가 왔다.

─ 사진 좀 봐줘.

첨부된 파일은 없었다. 대신 오픈채팅방 알림에 '사진'이라는 글자가 떠 있었다. 방을 클릭한 나는 흠칫했다.

확대하지 않아도 손등을 그은 사진이라는 걸 알 수 있었다. 그것도 여러 번. 깊이 벤 건 아니었지만 붉은 선이 선명하게 보였다. 순간적으로 떠오른 생각은 B가 자해를 한다는 것이었다. 모른 척 이게 뭐냐고 묻자 B가 말했다.

─ 거울을 봤어.

거울을 봐야 한다고 말하던 B였지만, 이렇게나 빨리 볼 줄은 몰랐다.

─ 뭐? 어쩌다가?

B는 말했다. 어젯밤도 지난 밤들과 다를 것 없이 목 뒤에서 소리가 났다고. 무서웠지만, 여러 날 동안 겪었기에 익숙한 무서움이기도 했다. 어찌 됐든 이 소리가 끝나면 악몽에서 깨어난다는 걸 알았다.

이번에는 달랐다. 먼 곳에서 슥, 소리가 한 번 나더

니 가까운 곳에서 삭, 하고 무언가 지나갔고, 목이 따끔거렸다.

— 따끔거렸다고?

— 꼭 가시가 스친 것 같았어.

다시 멀리서 슉 소리가 들렸고, B는 본능적으로 어깨를 움츠렸다. 플레이어인 B는 시야를 옮기는 행위가 제한되어 있었고, 그것은 고개를 움직일 수 없다는 의미였다. 대신 B는 두 손으로 목을 보호했다. 삭, 하는 소리가 왼손을 스치고 멀어졌다.

아픔은 진짜였다.

상황을 받아들일 새도 없이 다시 멀리서 슉, 하고 소리가 났다. 처음 들리던 소리보다 더 또렷했다.

목 뒤로 다가온 소리는 이전 것보다 손등을 깊이 베고 지나갔다.

— 너도 알지, 소리가 마지막에 얼마나 커지는지.

눈부신 공포가 그녀를 덮쳤다.

B는 원하는 게 뭐냐고 소리를 질렀다. 그런 건 없다는 듯, 소리는 말없이 손을 베고 또 베었다. 살갗에 불꽃 같은 고통이 피어났다.

나는 인상을 찡그렸다. 괜스레 손등이 간질거리는 듯했다.

이렇게 끔찍한 일을 겪고도 늦은 저녁에야 털어놓다니……. 그러나 나도 머지않아 겪게 될 일이고 어쩌면 오늘 밤 겪어야 할 일이라고 생각하니 최대한 늦게 안 것이 다행스럽기도 했다. 그렇지 않았으면 오늘 하루 내내 공포에 떨어야 했을 테니까.

그사이 K도 단톡방에 나타났지만, 아무런 대꾸 없이 듣고만 있었다.

― 그러다 멈췄어.

― 소리가?

― 응. 소리도, 공격도.

더 이상 소리가 들려오지 않자, B는 떨리는 손을 내려 눈앞으로 가져왔다. 붉은 실로 칭칭 감긴 것처럼 손등에 크고 작은 생채기가 나 있었다.

B는 두 손을 끌어안고 하염없이 울었다. 조용한 방에서 자신의 울음소리만 들렸다. 거기엔 뭐라 말할 수 없는 이상한 느낌이 있었다. 그 느낌의 정체를 그녀는 곧 깨달았다.

이 정적이 자신에게 낯설다는 것이었다.

― 그건 내가 처음 겪는 상황이었던 거야.

나는 B가 무슨 말을 하려는지 알아챘다. 원래대로라면 소리가 끝나는 순간 꿈도 끝나야 했다.

그러나 그녀는 여전히 꿈속에 갇혀 있었다.
— 그때였어.
써걱.
B는 너무 놀라 두 손의 고통도 잊었다.
— 멀리서, 지금까지 들렸던 것과는 비할 바도 없이 커다란 소리가 났어.

이번에는 두 손으로 목을 가려도 소용없다는 것을 본능적으로 알았다. 칼날은 열 손가락을 썰고, 목을 동강 낼 것이었다. 그래서 B는 목을 보호하려는 시도조차 하지 않고 무작정 빌었다. 살려 달라고 빌었다.

그때 시야 오른쪽 가장자리가 반짝였다.

B가 젖은 눈을 그곳으로 돌렸다. 빛은 보관함 속 물건으로부터 발산되고 있었다. 그것을 확인한 B가 힘없는 웃음을 흘렸다.

"그래…… 보기만 하면 되는 거지?"

보관함 속 거울 표면이 새것처럼 빛나고 있었다.

— 웃기지. 그 방 안은 지옥처럼 어두운데 말이야.

— 그래서, 봤다고.

마지막 말은 내가 한 것이 아니었다. K가 오랜 침묵을 깨고 나온 것이었다.

K의 짧은 말에는 깊은 경멸과 실망이 배어 있었고,

그건 B의 분노를 사기에 충분했다.

― 내가 지금까지 말한 거 못 들었어? 죽을 뻔한 사람한테 그게 할 말이야?

― 놈은 우릴 못 죽여. 죽이겠다고 을러댈 수 있을 뿐이지. 넌 그 협박에 넘어간 거야.

― 그럼 내 손에 난 상처는 뭔데?

― 공갈의 일환이지.

두 사람이 치고받는 동안 의문 하나가 내 머릿속에 떠올랐다.

B가 거울을 보지 않자, 방은 그녀가 거울을 볼 수밖에 없도록 상황을 조정했다. 그런데 K는 B보다 '벽지 뜯기'를 오랫동안 수행해온 사람이다. 그렇다면 K에게도 방의 압력이 가해졌을 것이고, 짐작건대 그것은 B가 받은 것보다 더 큰 고통이었을 것이다.

― 그럼 K 씨도 상처를 입었겠네요?

내가 물었다. 내 말의 의미를 이해한 B가 일순간 조용해졌다.

― 정말이야? 아저씨도 다쳤던 거야?

K는 말이 없었다. 나는 가슴이 뭉클해졌다.

누구보다도 많은 고통을 받으면서도 굽히지 않고 의연하게 자신의 상처를 핥는 고독한 늑대 같은 사내……. 그런 강철 같은 의지의 사나이가 내 눈앞에 있었던 것이다.

─ 뭔 소리야.

K의 반응에 우리는 어리둥절해졌다.

─ 어? 안 다쳤어요?

─ 다치긴 누가 다쳐.

그는 의기양양하게 대답했다. 이어진 그의 말은 가관이었다.

─ 시스템은 너희같이 나약한 애들만 희생양으로 삼는 거야. 그게 함정이라는 사실을 아는 나한테는 굳이 함정을 팔 이유가 없지.

나는 휴대폰을 내려놓고 헛웃음을 터뜨렸다.

"와, 어이없네?"

나약? 희생양? 이 아저씨가 미쳤나.

할 말을 잃은 나와 달리, B는 더 기다릴 것도 없다는 듯 거침없이 험한 말을 내뱉었다. K는 쏟아지는 육두문자에도 아랑곳하지 않고, 보지 말라는 거울을 본 사람과는 더 할 말이 없다며 사라져버렸다.

B는 분을 못 이겨 한참을 울었다. 울고 싶지 않은데 자꾸 눈물이 나오는 것 같았다. 그래도 K와는 한배

를 탄 동료라고 생각했기에 배신감이 크다고 했다.

"왜 기묘한 느낌이라고 했는지 알 것 같아."

전화기 너머로 B가 말했다. 아직 K 이야기를 하는 줄 알았던 나는 맞장구를 쳤다.

"그 아저씨가 좀 이상하긴 하지."

"아니, 소혜가 그랬었잖아. 거울 속에 기묘한 점이 있다고. 진짜 그랬어. 거울을 보고 있으려니 무슨 마약이라도 한 기분이었다니까. 해본 적은 없지만."

보관함에서 거울을 꺼내 들어 앞에 세우자, 동물의 위장 속으로 들어간 것처럼 시야가 요동치기 시작했다고 한다. 거울 표면이 일렁거리고, 거울 속의 세상은 기울어져 보였다고.

앞선 사람들이 거울을 보고도 탈출의 갈피를 잡지 못한 건 그런 어지러움 때문일 거라고 B는 말했다.

"표면이 물 같은 게 아니라 그냥 물로 이루어진 느낌이었어."

"그래서, 아이를 봤어?"

우리의 등 뒤에서 재미있다는 듯 키득거리는 아이. 아마도 그 애가 B의 손에 칼질을 한 범인일 것이다. 어째서 아이가 그렇게 초인적인 속력과 힘을 낼 수 있는지는 오리무중이었지만, 현재까지 알려진 바에 따르면 방 안에 다른 사람은 없었다.

어쩌면 방 안의 존재를 '사람'이라고 가정하는 것 자체가 어리석은 일일지도 몰랐다.

"그게……."

내 질문에 B는 곤란한 기색이었다.

보통의 온라인 게임에서 손의 움직임은 자유롭지 않다. FPS 게임의 경우, 탄창을 갈아 끼우고 조준하고 발사하는 등 몇 가지 손동작만 구현 가능하도록 설정되어 있다.

게임 형식을 표방한 '벽지 뜯기' 꿈에서도 마찬가지였다. 거울이라는 도구로 수행할 수 있는 동작은 제한적이었다. B가 보관함에서 거울을 꺼내자 거울이 눈앞 허공에 걸렸지만, 거울을 양옆으로 당기는 동작에 한계가 있었다. 심지어 위아래로는 거의 움직이지도 않았다고.

B는 거울을 최대한 위아래로 당겨 뒤편을 살폈다. 확인할 수 있는 범위는 어깨 아래부터 허리까지였는데, 그마저도 거울이 넘실거려서 분간이 어려웠다.

"그래도 표면이 진정되니까 다행히 내 모습은 제대로 보이더라."

기울어진 세상 속에서 아이의 모습은 보이지 않았다.

"그건 이상한 일이었어. 손을 뻗어서 내 목에 칼을 댈 수 있을 정도라면 키가 어느 정도는 커야 하잖아? 그럼 거울로 보였어야 한다고."

"거울로 방 전체를 볼 수 있었어?"

"아니, 뒷벽 일부분만."

"그럼 구석에 숨어버린 거 아냐?"

"그럴지도 모르지. 하지만 가까이 있는 느낌이었어. 내 뒤에, 언제든 찌를 수 있게. 그래서 어쩌면……"

B는 조심스럽게 말했다.

"내 뒤에 쪼그려 앉아 있었던 거 아닐까?"

그 가능성은 나를 두렵게 했다. 하지만 더욱 두려웠던 건 방금 내 머릿속에 떠오른 생각이었다.

"키가 크지 않아도 돼."

"응?"

"방의 높이는 낮은 편이야. 그러면 아주 작은 아이라도 목을 베는 게 가능해."

"네 말은, 그 애가……"

B는 침을 꿀꺽 삼켰다. 내가 말했다.

"천장에 매달려 있었을지도 몰라."

대화를 나누고 나니 잠드는 게 더욱 무서워졌다. B

가 왜 늦은 저녁에만 벽지 뜯기 얘기를 하는지, 얼마나 일상을 지키고 싶어 하는지 이해할 수 있었다. 적어도 낮 동안에는 사람답게 살고 싶은 것이리라.

잠들기 전에 B는 새로운 사진을 전송했다. 잘 모르는 사람에게 얼굴을 보여주고 싶지 않았지만, 자신은 오늘 밤을 넘기지 못할지도 모른다며 도움이 될 만한 건 몽땅 주어야 한다고 했다. 증발하고 나면 휴대폰도 함께 사라진다며.

"사람들이 연달아 실종되는데도 경찰이 갈피를 못 잡는 이유지. 실종이 아니라 단순 가출로 보고 있는 건 아닐까 몰라."

"경찰에 신고했었어?"

"정신 나간 사람 취급받았어."

"증발된 다음에 문자가 오잖아. 그걸로 위치 추적할 수 있지 않아?"

"경찰은 그렇게 쉽게 위치 추적 안 해줘. 더구나 미친 사람들한테는." B가 말했다. "증발하기 전에 사람들끼리 위치 추적 어플을 다운 받았는데, 문자가 전송된 시각에 휴대폰이 꺼져 있는 걸로 나왔대. 그러니 기지국에도 안 잡히겠지."

B로부터 사진이 도착했고, 나는 인상을 찡그렸다.

"난 이거 받자마자 지워버렸는데."

그건 B의 얼굴이 합성된 시신 사진이었다.

B가 말했다.

"전에 신고하려고 남겨뒀었거든. 어차피 어플의 존재를 증명할 수 없어서 소용없어졌지만."

나는 5장의 사진을 살펴보았다. B의 얼굴이 궁금하던 참이었다. 자세히 보고 싶었지만, 죽음을 맞이한 B의 최후를 보는 것 같아 그만두었다.

"저기." 내가 말했다.

"응?"

"안 자면 안 돼?"

B가 일순간 조용해졌다. 그 애가 내 말을 이해하지 못한 줄 알고 다시 말을 꺼냈다. 나보다 '벽지 뜯기'를 오래 한 B가 못 이해할 리 없는데 말이다.

"그러니까, 꿈을 꾸지 않으면……."

"소혜는 정말 잠들기 싫어했어." B가 내 말을 잘랐다. "각성제를 먹으면서 잠을 미루고 또 미뤘지. 하지만 언젠가는 잠들 수밖에 없잖아. 결국, 늦게 거울을 본 사람보다 소혜가 먼저 증발됐어."

"미안해."

"됐어, 나도 그걸 고려해보지 않은 건 아니니까. 하

지만 언제든 잠에 빠질까 봐 밤낮으로 두려워하는 삶은 싫어. 그건……." B가 말을 멈추었다. "삶이 아니야."

그래서 나는 B와 밤 인사를 했다. 차마 잘 자라는 말은 할 수 없었다.

통화를 끊기 전에 한 가지를 부탁했다.

"내일 잘 일어났다고 전화해주지 않을래?"

"아침에?"

"네가 저녁에만 연락한다는 건 알아. 하지만 내일은 해주면 안 될까?"

B는 잠시 생각하더니 웃음을 터뜨렸다.

"너 이상하다. 왜 이렇게 진지해?"

"아니—"

"농담이야. 알았어, 전화 한 통이야 뭐."

그렇게 B는 자러 갔고, 나는 잠들기 전에 B가 보내준 사진을 살폈다. 쓸 만한 단서를 찾을 수 있지 않을까 싶은 마음이었다. 시체를 보는 듯한 으스스한 느낌은 가시지 않았지만, 처음보다는 덜했다.

나의 시신 사진처럼, B의 사진도 똑바로 누운 시신이 있는 반면, 비스듬히 누운 시신도 있었다. 드라큘라 백작이 관에 들어 있는 것처럼 세로로 누운 사진이 두 장, 나무막대처럼 가로로 힘없이 늘어진 사진이

한 장, 한 쌍의 눈썹처럼 비스듬히 누운 사진이 두 장이었다.

그중 왼쪽으로 기울어진 시소 같은 시신 사진에 주목했다. 다른 사진들은 특이사항이 없는데, 이 사진에서는 티셔츠가 말려 올라가 옆구리에 어떤 모양이 보였기 때문이었다. 나는 그것을 확대했다.

방 안을 진득하게 덮고 있는 어둠 때문에 잘 보이지 않았지만, 그것의 일부는 숫자 3을 가리키는 것 같았다. 3이라……

어쩌면 벽지 안쪽에서 발견했던 숫자 여섯 자리와 관련이 있는지도 몰랐다.

"얻다 적어놨었는데."

방 안을 서성이며 잡동사니를 들추다가 식탁에 펼쳐진 책 앞에 멈춰 섰다. 자격증 시험 대비 교재였는데, '벽지 뜯기' 사태에 말려든 이후 진도가 나가지 않아 열린 페이지 위로 얕은 먼지가 쌓이고 있었다. 얼마 전 엄마가 이 책을 보고 별일이라고 했던 게 기억났다. 식탁 위에 책이 있으니 밥을 먹으면서까지 공부를 한 것으로 착각한 모양인데, 요즘 얼마나 공부를 안 하는지를 고려하면 너그러운 발언이었다.

며칠째 방치 중인 페이지의 한 귀퉁이에 숫자가 휘

갈겨져 있었다.

132934.

3이 두 개다. 사진이 다섯 장이니까, 각 사진이 서로 다른 숫자에 대응하는 걸까? 1, 2, 3, 4, 9……. 아, 모르겠다. 머리가 터질 것 같다.

여섯 자리 숫자와는 아무 관련 없이 B가 개인적으로 새긴 타투일지도 몰랐다. 그걸 묻는 문자를 B에게 보냈지만, 이미 자는 듯 답장은 오지 않았다.

9.

눈을 뜨니 익숙하고 더러운 기분이 들었다. 특별 감호를 받는 환자처럼, 고개를 움직이지 못하게 시야 범위가 고정된 느낌. 휴대폰으로 방 탈출 게임을 할 때는 한 번에 한 면만을 볼 수 있는 한정된 시야가 이상하다고 느낀 적은 없었다. 막상 게임이 현실이 되고 나니, 이만큼 숨이 막히는 느낌도 없었다. 타인의 고통을 즐기는 미지의 존재와 같은 공간에 있는데 고개를 돌려 확인할 수조차 없는 것이다.

천장에 아이가 매달려 있을지도 모른다는 생각은

순전히 이론적 가능성이었다. 하지만 이렇게 벽을 보며 가만히 서 있으니, 모든 감각이 내 머리 위에 무언가가 있다고 소리쳤다. 짓눌린 듯 가슴이 죄고 숨을 쉬기가 버거웠다.

공포감으로 정신이 마비되기 전에, 마지막으로 남은 이성의 한 줄기가 말을 걸었다. 가만히 있어서는 이곳에서 탈출할 수 없어. 움직여. 단서를 찾아.

아이가 칼질 소리를 내기 전에 힌트를 찾아야 했다. 나는 아직 거울을 보지 않았으니, 어쨌거나 소리가 나기 전에는 안전을 보장받을 수 있었다. 무섭고 혼자인 건 나뿐만이 아니었다. B도 지금 같은 일을 겪고 있을 것이었다.

일기장을 선택했다. 오늘의 페이지가 나를 기다리고 있었다.

> 9월 13일
> 뚫린 뱃속으로 손을 집어넣자 터진 입에서 비명이 쏟아진다.
> 나 혼자뿐인 이곳에서, 타인의 고통은 탈출구가 된다.

한때 일기장을 쓴 사람이 납치당한 불쌍한 피해자

라고 생각했다니 어처구니가 없었다. 일기장의 주인은 고문과 살인이라는 기이한 방식으로 외로움을 풀고 있었다. 놈이 이 방의 주인이자 게임을 만든 자라면, 그래서 자신처럼 방에 갇힌 사람들의 고통을 지켜보며 순수하게 즐기기만을 원한다면, 내가 이 방에서 벗어날 수 있는 확률은 희박했다.

하지만 일기장에는 '탈출구'라는 말이 적혀 있었다. 게임을 만든 자는 게임의 공략을 염두에 두고 있다. 방 어딘가에 나갈 수 있는 문이 반드시 있을 것이다.

일기장을 덮고 나니 눈코입과 배가 터져 솜이 드러난 인형이 눈에 들어왔다. 눈코입은 처음부터 뜯어져 있던 것이지만, 배는 내가 직접 가른 것이었다. 인형의 얼굴에서는 가면을, 배에서는 약병을 얻었으니 인형에게서는 더 이상 얻을 힌트가 없었다.

물리적인 단서에 한해서는 그랬다.

인형의 모습은 일기장의 내용을 구현한 것이었다. 인형이 주는 메시지는 일기장과 일치했다. '뚫린 뱃속'과 '터진 입'이라는 내용은, 배가 뚫리고 입이 터진 인형의 모습과 대응했다.

'타인의 고통은 탈출구가 된다.'

어딘가에 있는 문, 탈출구, 뚫린 배와 터진 입.

네 가지 요소는 한 점으로 모였다.

왼쪽으로 시야를 넘겼다. 가면이 걸린 벽과 여기저기 울어 있는 벽지, 그리고 단층집 모양의 금이 나타났다. 벽에서 떼어낸 타원형 시계가 바닥을 뒹굴었다.

단층집 모양의 중앙에는 끔찍한 냄새가 나는 홈이 패어 있었다. 네 가지가 가리키는 공통점이 이것이었다.

구멍.

문과 탈출구, 뚫린 배와 터진 입은 모두 일종의 구멍이었다.

가면 아래에 있는 홈을 확대했다. 홈에 바싹 다가서자 저번처럼 움직임이 얼마간 자유로워졌다. 얼굴을 앞으로 움직여 구멍을 들여다보거나 냄새를 맡을 수 있었으며, 심지어는 손으로 만져볼 수도 있었다.

구멍을 자유롭게 관찰할 수 있게 한 데에는 이유가 있을 것이다.

물기 하나 없이 바싹 말라 보였던 첫인상과는 달리, 작은 웅덩이는 의외로 폭신했다. 검지를 홈 안에 넣고 꾹 눌러보았다. 구멍 주위의 벽지가 압력에 의해 말려 들어갔다. 이제 내 손가락에서도 끔찍한 냄새가 날 테지만, 그럴 만한 가치가 있는 탐구라고 생각했다.

손가락을 휘저었으나 일정 수준 이상 들어가지 않

았다. 구멍 안쪽에서 열쇠가 튀어나왔던 걸로 봐서는 이곳이 바깥으로 이어지는 통로인 듯한데, 아무래도 다시 막힌 것 같았다. 어쩌면 홈을 확장할 새로운 도구가 필요할지도.

홈에서 손가락을 뺐다. 손톱 밑으로 검붉은 때가 끼어 있었다. 마치 배꼽을 후벼팠을 때처럼…….

나는 구멍을 보았다. 손가락을 보고, 다시 구멍을 보았다.

홀린 듯 뒷걸음질 치자, 신체의 자유도가 제한되며 보다 넓은 시야에서 벽을 조망할 수 있었다.

벽에 걸린 얼굴 아래에 오각형으로 그려진 선, 정중앙에 팬 홈, 그리고 군데군데 코끼리 가죽처럼 울어 있는 주변의 벽지.

여태껏 나는 각각을 따로따로 보았다. 이제 모든 것이 하나로 보였다.

구멍은 배꼽 같은 게 아니었다. 그것은 배꼽이었다. 울어 있는 벽지는 관절이 접히는 부분에 해당하는 가죽일 것이다. 팔꿈치나…… 무릎 같은.

벽지가 단층집 모양으로 잘린 이유는 그것이 가슴을 제외한 뱃가죽 모양이기 때문이었다.

구역질이 나왔다. 그러나 벽으로부터 고개를 돌릴

수가 없었다. 눈을 감을 수도 없었다.

나는 눈물을 흘리며 그 끔찍한 벽을 바라보았다. 서로 다른 신체 부위에 해당하는 벽지는 색깔과 질감이 미묘하게 달랐다. 얼룩덜룩한 조각보처럼.

'증발하면 신체 부위가 적힌 문자가 와.'

어느 부위를 벽지로 만들지를 선택한 걸까?

하나의 벽을 덮는 데 얼마나 많은 사람이 필요했는지 상상할 수 없었다. K가 옳았다. '벽지 뜯기'는 함정이었다.

그건 플레이어가 벽지를 뜯는 게임이 아니었다. 벽지를 뜯는 주체는 살인자였다. 그래서 엄밀히 말해 나는 플레이어도 아니었다. 게임 도구의 일부였다.

얄궂게도 이 방의 단서들은 나를 구멍으로 이끌었다. 그것을 자세히 보고 그 정체가 무엇인지 스스로 깨닫도록 말이다.

화면을 오른쪽으로 넘기는 버튼을 눌렀다. 벽을 보고 싶지 않았다. 그러나 벽지는 어디든 붙어 있었다. 방 안에 있는 한, 벽을 피할 길은 없었다.

그런데 어느 순간, 화살표를 눌러도 다음 벽으로 넘어가지 않았다. 대신 게임에서처럼 빨간 글씨로 경고 창이 떴다.

방이 사용 중입니다.

이게 무슨 소리야? 겁에 질려 버튼을 마구 눌렀다.

방이 사용 중입니다.
방이 사용 중입니다.

메시지가 연속으로 떠올랐다. 사용 중이라니, 누가, 어떤 방식으로?

그때 등 뒤에서 철퍽, 하고 젖은 물체가 떨어지는 소리가 났다. 나는 소스라쳐 어깨를 움츠렸다.

지이이이익, 지이익······.

무거운 물체가 질질 끌리며 바닥에 물기를 남기고 있었다. 보지 않아도 알 수 있었다. 물체에서 흘러나온 뜨끈한 액체가 내 발바닥을 적시고 있었기 때문이다. 뜨겁다고 할 수 있을 만큼 불쾌한 온도였다.

털퍽.

물체가 둔탁한 소리를 내며 떨어졌다. 뒤이어 작업대로 추정되는 위치에서 반복적인 소음이 들렸다.

슥삭슥삭슥삭.

작업은 빠르고 망설임이 없었다. 두개골을 긁는 것

처럼 거슬리는 소리였다.

　방의 주인이 작업을 이어가는 동안 나는 벽을 바라보고 서 있었다. 기실 벽을 바라보고 서 있지 않은 적이 없었다. 등 뒤에서는 새로운 벽지가 만들어지고 있었다. 나 또한 이 거대한 조각보의 일부가 될 터였다.

　얼마나 시간이 흘렀는지 모르겠다. 무슨 정신으로 그걸 버텨냈는지 모르겠다. 작업이 끝났다는 메시지를 언뜻 본 것 같기도 했다.

　네 개의 벽이 차례차례 눈앞에 지나갔다. 오른손이 멍하니 화살표를 반복해서 누르고 있었다.

　방이 '사용'되기 전과 후의 풍경은 차이가 없는 것 같았다. 작업대는 깔끔하게 정리되어 있었고, 물기는 온데간데없었으며, 머리카락 한 올 보이지 않았다.

　그러나 내 손은 무언가 달라진 점을 느끼고 본능적으로 멈추었다.

　이 방에서 유일하게 일상 비슷한 색깔을 품고 있던 것, 괴이하고 잔혹한 소품과는 거리가 먼 것이 사라져 있었다.

　시야의 오른쪽 끄트머리에 있었기에, 자세히 보아야 겨우 확인할 수 있던 것.

　연두색 돌고래가 그려져 있던 벽지. 인피로 만든

두꺼운 벽지가 아니라, 가정집에서 흔하게 볼 수 있는 얇은 싸구려 벽지.

돌고래가 있던 자리에 나비가 내려앉아 있었다.

나비의 한쪽 날개는 숫자 3을 닮아 있었다.

10.

다음 날 아침 일어서자마자 화장실로 달려가 뱃속의 것을 게워냈다. 전날 먹은 저녁은 다음 소화기관으로 넘어간 지 오래였기에, 목구멍에서는 쓰디쓴 위액만이 흘러나왔다.

벽지를 만진 손을 몇 번이고 비누로 씻었다. 배꼽을 눌렀던 촉감이 생생했다.

울면서 B에게 전화했지만 전화기가 꺼져 있다는 응답만이 돌아왔다.

무릎을 끌어안고 미친 사람처럼 두리번거렸다. 벽들이 나를 둘러싸고 있었다. 몇 년 전 손수 바른 도배지는 우둘투둘하게 공기가 들어간 부분이 많았다. 평소에는 신경도 쓰지 않았지만, 오늘은 부풀어 오르거나 쭈그러진 부분들이 눈에 밟혔다. 꿈속에서 맡은 시큼하고 역겨운 냄새가 코 밑에 남아 있는 것 같았다. 다시 화장실로 달려갔다.

물로 입 안을 헹구는데 전화벨이 울렸다. 욕실 밖으로 뛰쳐나와 허겁지겁 휴대폰을 집었다.

엄마였다. 몸에서 힘이 쭉 빠져나갔다.

"왜……."

"우신아, 형한테 얘기 좀 해봐."

또, 또 형 얘기다.

내 대답이 없어도 엄마는 말을 우르르 쏟아냈다.

"이번 주 금요일에 친지들 모임이 있는데, 네 둘째 고모가 간만에 서울 올라온단다. 너도 알지, 수찬이랑 우혁이가 어릴 때 죽이 잘 맞았던 거. 왜, 너도 어릴 때 수찬이 뒤만 졸졸 쫓아다녔잖아."

"수찬이가 누군데."

"얘는! 고모 아들 수찬이!" 엄마가 말했다. "애가 성격도 좋고 건실하게 컸다더라. 그래서 고모네가 내려갈 때 우혁이도 같이 데려가달라고 했어. 보성이 산 좋고 물 좋은 거 알잖니. 공기 좋은 곳에서 며칠 있다 보면 다리도 낫고, 애가 좀 밝아지지 않을까 싶어서. 수찬이도 오랜만에 우혁이 보고 싶다고, 궁금하다고 그랬대."

나는 다 들리도록 한숨을 쉬었다. 집 밖으로 한 발짝도 안 나가는 형이 좋다고 거길 갈까.

"엄마, 그만 좀 해……."

"고모부가 보성 녹돈도 사놓고, 이부자리도 다 준비해놨대. 네가 형한테 말만 잘하면—"

"제발 좀! 제발 좀 그만해!"

엄마가 입을 다물었다.

"형은 끝났어, 응? 끝난 지 한참 됐는데 엄마만 몰라. 엄마만 붙잡고 있어. 착했던 우혁이, 천사 같던 우혁이." 나는 쓰게 웃었다. "대체 언제 적 얘길 하는 거야."

"……네가 그러면 안 돼."

엄마가 모래알을 씹는 듯 버석하게 말했다.

"다른 사람도 아니고 네가." 엄마의 목소리는 바싹바싹 메말라갔다. "너는 그렇게 말하면 안 돼. 네 형이야. 너를 사랑하는 형. 넌 우혁이 사랑을 가늠도 못 해."

"그놈의 사랑 타령. 지겨워죽겠어."

엄마는 한동안 대꾸가 없었다. 그러다 다시 본연의 끈질긴 말투로 돌아왔다.

"우혁이는 지금도 천사처럼 착해. 나만 모르는 게

아니라 나만 아는 거다."

전화가 끊어졌다.

발신자명에서 엄마라는 두 글자를 봤을 때, 혹시라도 간밤에 일에 관해 엄마에게 털어놓고 기댈 수 있을지도 모른다고 생각한 내가 바보였다. 엄마 머릿속엔 형 생각밖에 없었다. 형이라는 먹구름이 너무 두껍게 드리워져 있어서, 그 아래 있는 조그만 나 같은 건 보이지 않았다.

다시 전화벨이 울렸을 때, 알파벳 B가 보였다.

심장이 쿵쾅거렸다.

"여보세요?"

내가 진짜로 하고 싶었던 말은 이거였다. 그래, 다 거짓말인 거지? '벽지 뜯기'든 뭐든, 한낱 무서운 악몽에 불과했던 거지? 지독한 장난이긴 하지만, 지금이라도 가짜였다고 하면 용서할 수 있어.

B는 대답이 없었다.

"여보세요?"

전화가 힘없이 툭 끊겼다.

경쾌한 문자 수신음이 들렸다.

11.

― 배였어요.

K는 반응은 무덤덤했다.

단톡방의 멤버 수는 2로 표기되어 있었다. 단톡방이라 부르기도 민망할 정도였다.

― K 씨는 알고 있었던 거죠?

― 그 애는 죽을 운명이었어.

― 아뇨, 벽지가 뭘로 이루어져 있는지요.

K는 잠시 뜸을 들였다. 짧은 침묵이 대답을 대신한 거나 다름없었다.

― 왜 B에게 말해주지 않았죠?

― 알고 있다고 해서 나을 것도 없잖아. 어차피 걘 버티지도 못했을걸.

― 그건 당신이 결정할 일이 아니잖아요.

그렇게 말했지만 나는 내가 벽지의 비밀을 몰랐다면 좋았을 거라고 생각하고 있었다. 진실을 알고 나니 삶이 그야말로 희망도 꿈도 없는 지옥으로 변했다. 아니, 꿈만은 존재하는 지옥이라고 해야 할까.

― 왜 등이라고 보낸 사람이 많을까요.

― 나야 모르지.

— 짐작 가는 바가 있을 거 아녜요.

— 추측한다고 뭐가 달라져? 우리 힘으로 어찌할 수 없는 것도 있어. 그냥 받아들여.

K에게 연락할 때만 해도 나는 당신이 맞았다고, 이 게임은 탈출구가 없다고 말하려고 했다. 하지만 K의 고집스러운 패배주의는 사이비 종파의 교리처럼 듣는 사람의 반발심을 자극하는 구석이 있었다. 대체 어떤 삶을 살아왔기에 이렇게 짜증 나는 인간이 된 걸까?

나는 푹 하고 한숨을 쉬었다.

— 처음엔 면적 때문이라고 생각했어요.

K가 뭐라 하건 나는 추리를 개진했다.

— 신체 부위 중 하나를 고른다면, 등이 벽을 덮기에 가장 넓은 면적을 지니고 있을 테니까요. 평평해서 떼어내기도…… 붙이기도 쉬울 거고.

— 아직도 방 밖으로 나갈 수 있을 거라 믿어?

K는 나를 진지한 멍청이로 보는 듯했다. 처음부터 조각 몇 개가 소실된 퍼즐을 어떻게든 완성하려고 끙끙대는 바보로.

— 방을 만든 미치광이를 이해해보려는 거예요.

— 그러니까 이해해봤자……!

통화였다면 K의 언성이 높아졌을 것이다. 나는 무

시했다.

　― 들어봐요. 말했듯이, 그 사이코 입장에서는 벽지로 활용하기에 등이 가장 적절하고 간편해요. 근데 일기장에 쓰여 있던 걸 생각해보면, 그것만으로는 부족해요. 놈은 구멍을 좋아하잖아요. 사람 가죽이 자기한테는 일종의 전리품일 텐데, 구멍도 없는 등을 벽에 붙이는 걸로 만족할까요?

　― 그러니까 배도 붙이잖아.

　― 얼굴은요? 얼굴에 구멍이 제일 많은데요? 증발한 사람에게서 얼굴이라는 문자를 받은 적이 있어요?

　K가 끄응, 하고 중얼거렸다. 없다는 얘기였다.

　K가 말했다.

　― 이봐, 방의 단서는 우리가 벽에 난 구멍이 배꼽이라는 사실을 알아차리도록 구성되어 있어. 방 주인은 그 순간을 위해서 구멍을 아껴둔 거라고.

　― 배꼽 대신에 얼굴을 사용할 수도 있었잖아요?

　― 그럼 처음부터 티가 나잖아. 그놈은 우리가 벽에 팬 홈을 가능한 모든 감각으로 경험한 후에야 그게 어떤 건지 알아차리기를 원해. 진정 미친놈이지.

　그럴듯한 설명이었다. 하지만 그것만으로는 얼굴이라고 문자를 보낸 사람이 아예 존재하지 않는다는 사실이 수긍 가지 않았다. 내게는 다른 가설이 있었다.

─ 어쩌면…… 신체 부위를 선택한 건 살인자가 아닐지도 몰라요.

만약 자신이 선택할 수 있었다면, 놈은 사람의 얼굴로 벽을 도배했을 것이다.

─ 그럼, 사람들 스스로 선택했다는 얘기야?

─ 가죽이 뜯길 부위로 얼굴을 선택할 사람은 없을 테니까요. 게다가, 등은 신체 중에서 외부 자극에 둔감한 부위라는 게 통념이니까…….

그럼에도 불구하고 배를 택한 사람이 있었다. B도 마찬가지였다. 그건 내가 아직 이해할 수 없는 결정의 영역이었다.

─ 더 파고들지 마. 스스로 선택했든 아니든, 이미 사라진 사람들이야

─ 나보다 B를 오래 알았으면서 어떻게 그렇게 말할 수 있어요?

─ 잘 들어.

K의 말에 힘이 들어갔다.

─ 얼마나 오래 알았든, 얼마나 가까웠든, 거울을 본 순간부터 그 사람은 죽은 거나 마찬가지야. 그러니까 거울을 본 사람이 어리석은 거라며 온 마음을 다해 경멸해라. 그렇게 해서라도 정을 떼어버려. 안 그러면 미쳐버릴 테니까.

나는 슬쩍 웃었다. 이 아저씨 진짜로 B를 싫어한 건 아니었구나.

— 그럼 이제 내가 미움받을 차례네요.
— 뭐라고?
— 거울을 봤어요.

12.

K는 역정을 내며 가버렸다.

그러나 내게는 어쩔 수 없는 사정이 있었다. K는 그것마저 살인자가 파둔 덫이라고 하겠지만, 그건 다시 없을 기회였다.

어젯밤 B의 몸이 작업대로 옮겨지고 있을 때, 공포에 질려 나사가 빠진 상태에서도 나는 그게 B의 시신이라는 사실을 알고 있었다. 그리고 아이가 천장이나 바닥이 아니라 방을 가로질러 작업대에 서 있는 지금이야말로 아이의 얼굴을 확인할 절호의 기회라고 생각했다. 내 마음속 깊은 곳에 있는 무언가가 '지금 아이의 얼굴을 보지 않으면, B의 죽음은 아무것도 아닌 게 될 거야'라고 속삭였다.

물론 나는 고개를 움직일 수 없었다. 다른 벽으로 화면을 전환할 수도 없었다.

그러나 보관함에는 거울이 있었다.

그리고 작업대가 있는 두 번째 벽과, 내가 지금 바라보고 있는 네 번째 벽은 서로 마주 보는 위치였다. 만일 내가 보고 있는 벽이 첫 번째나 세 번째 벽이었다면, 즉 작업대가 있는 두 번째 벽과 붙어 있는 벽이었다면 거울을 이용해도 소용이 없었을 것이다. 옆으로 기울여지지 않는 작은 거울로는 양옆의 벽을 볼 수 없었으니까.

떨리는 손이 거울을 꺼내 들었다. 엄한 데를 비추었는지 처음에는 휑한 벽만이 보였다. 그건 그것대로 무서웠다. 거울을 옮기면 금방이라도 아이의 모습이 보일 것 같아서였다. 나는 아이를 보고 싶으면서도, 아이의 얼굴을 확인하는 게 두려웠다.

B의 말대로 거울은 움직일 수 있는 범위가 한정되어 있었다. 표면이 진동하듯 물결쳤다. 최면에 걸린 것처럼 어지럼증이 닥쳤다. 숨을 몰아쉬며 진정하려고 애를 썼다. 이번이 아니면 아이의 정체를 확인할 수 있는 때는 오지 않을 수도 있었다.

뒤편에서 끔찍한 작업 소리가 이어지는 와중에도

나는 용케 거울 표면을 안정시켰다. 깔끔한 시야를 확보한 건 아니었지만, 적어도 사물을 분간할 정도는 되었다.

B에게 거울 속 세상이 기울어져 있다고 전해 들었을 때만 해도 그게 앞으로 기울어져 있다는 뜻인 줄 알았다. 인사를 하기 위해 몸을 숙이듯이. 그러나 직접 보니 벽은 옆으로 기울어져 있었다. 거의 티가 나지 않았다. B에게 미리 듣지 않았다면 기울어진 줄도 몰랐을 것이다.

거울을 통해 작업대의 일부가 보였다. 나를 등지고 서 있는 아이도 보였다.

아이가 손에 든 도구로 작업대를 내려치자 B의 몸이 들썩였다. 나는 숨을 들이켰다. 아이는 하던 작업을 멈추었다.

작은 살인자가 이쪽을 향해 고개를 돌렸다.

결과적으로 나는 아이의 얼굴을 확인하지 못했다. 스위치를 켜지 않아 어두웠던 탓이었다.

그러나 스위치는 철제 서랍이 있는 벽에 붙어 있었고, 그 벽은 '사용 중' 알림 때문에 접근할 수 없었다. 방의 밝기가 처음부터 아이의 얼굴을 볼 수 없게 설정되었다고 생각하니, 함정이며 덫을 운운하는 K의 목소리가 아른거려 영 기분이 좋지 않았다.

거울을 본 이상 물러설 곳은 없었다. 단서를 모조리 그러모아 탈출구를 찾아야 했다.

공책을 펴서, 게임의 시작부터 거울을 찾는 순간까지 공략을 적었다. 거울을 찾은 사람들이 모두 죽어버려서, 그 이후의 공략은 존재하지 않았다. 거울이 곧 죽음이었다. 지금까지는.

찾아낸 도구들은 전부 1회 이상 사용되었다. 보관함에 담긴 도구로는 더 이상 할 수 있는 일이 없다는 얘기였다. 헤라는 처음부터 보관함에 들어 있던 기본 도구니 여러 번 사용될 수도 있겠지만, 벽지 뜯기의 주체가 내가 아니라 살인자라는 게 밝혀진 이상 의미가 없어 보였다.

옆으로 공책을 치우고 머리를 쥐어뜯었다. 또 뭐가 있지?

배꼽 구멍. 그건 정말 사람을 까무러치게 하는 목적으로만 존재하는 걸까? 다른 목적은 없는 걸까? 거기서 열쇠가 튀어나왔으니까, 이미 사용되었다고 볼 수 있긴 한데……

구멍 가까이에 다가가면 움직임의 자유도가 올라

가고, 일기장의 내용은 구멍이 탈출구임을 암시하고 있다……. 이것들은 '벽지 뜯기'라는 방 탈출 게임의 전체적인 테마와 직결된 것 같았다. 구멍이 곧 탈출구라는 것.

빌어먹을, 이런 순간에도 이걸 방 '탈출' 게임이라고 가정하고 있다니. 희망이란 정말 무서운 것이다.

벽지 안쪽에 적혀 있는 여섯 자리 숫자에 관해서는 아무것도 밝혀진 바가 없었다. 132934. 이제 너무 외어 익숙할 지경이었다.

그 숫자가 적혀 있는 벽지는 단층집 모양이었다.

하나의 가로선과, 두 개의 세로선 그리고 두 개의 기울어진 지붕 선으로 이루어진…….

머리를 방망이로 맞은 듯했다.

갤러리를 열었다. B가 보내준 사진 다섯 장이 거기 있었다. 가로로 늘어진 시신이 한 구, 세로로 누운 시신이 두 구, 그리고 한 쌍의 눈썹처럼 기울어진 시신이 두 구.

왜 이걸 지금까지 알아채지 못했을까?

나는 K에게 알아낸 것을 전했다.
— 오각형이에요.

K가 읽고도 대답이 없자, 나는 재차 말했다.

— 우리가 펜으로 그은 단층집 모양의 선이요. 오각형이라고요.

— 그래서.

K는 내가 소상히 털어놓길 기다렸다. 아마도 이게 함정인지 아닌지 가늠하려는 것 같았다.

— 홈이 배꼽이라는 걸 알아차린 이후로는 단층집 모양에 대해 의문을 가진 적이 없어요. 가슴을 제외하고 복부만 자르면 그런 모양이 될 테니까요.

하지만 게임 시스템이 우리에게 보낸 다섯 장의 사진을 이어붙이면 똑같은 집 모양이 만들어졌다. 이건 결코 우연이 아니었다.

— B가 그랬어요. 거울 속의 세상은 기울어져 보이지만, 자신만은 똑바로 보인다고.

거울을 본 사람이 울렁증을 느낀 탓에 그렇게 보이는 게 아니었다. 만약 그랬다면 거울 속 세상뿐 아니라 자신마저도 기울어져 보여야 했을 것이다.

해답은 간단했다. 벽이 틀어져 있기에 기울어져 보이는 것이었다.

— 애초에 살인자가 우리한테 방의 한 면씩만을 보여준 건 왜겠어요? 화살표로만 화면을 넘기게 하고 고개를 움직이

는 걸 제한한 이유가 뭐겠어요? 바닥이나 천장의 모양을 파악할 수 없게 시야를 고정시킨 이유가 뭐겠어요?

그건 방이 보통의 방처럼 직육면체로 이루어져 있지 않기 때문이었다. 벽지 뜯기가 이루어지는 방은 천장과 바닥이 오각형이고 벽이 다섯 개인 칠면체였다.

온라인 방 탈출 게임을 표방하는듯한 시스템은 제5의 벽을 감추기 위한 설정이었다.

— 우리가 찾는 문은 다섯 번째 벽에 있을 거예요. 확실해요.

— ……

— K 씨?

K는 반응이 없었다.

— 제 말 이해했어요? 함정이 아니라 진짜 탈출구라니까요!

— 그럼……

마침내 K가 입을 뗐다. K의 심리적 반발은 예상한 바였다. 나는 그의 논박을 물리칠 준비를 했다.

그러나 이어지는 말에 긴장이 탁 풀리고 말았다.

— 그럼 어떻게 그 벽에 접근할 수 있어?

— 어, 그건.

솔직히 말하겠다. K는 이번에도 나를 당황시키는

데 성공했다.

　— 모르겠어요…….

　— 그 벽이 어느 위치에 있는지 몰라?

　— 네…….

이번에야말로 그가 나를 공격할 거라고 생각했다. 제대로 된 단서가 아니라고 비난하면서. 그러나 그는 그러지 않았다.

　대신 이렇게 말했다.

　— 좋아, 같이 고민해보자.

정리한 내용을 K에게 들려주었다. 가만히 듣던 K는, 구멍이 탈출구라는 점이 제대로 이용되지 못했다는 나의 의견에 브리핑을 중단시켰다.

　— 잠깐.

　— 예?

　— 알 것 같아.

그는 하하, 하고 웃었는데, 느껴지는 에너지는 그리 밝지 않았다. 웃는다기보다는 우는 것 같았다.

　— 구멍에 가까이 있으면 신체의 자유도가 늘어난다고 했지. 그걸로 벽과 벽 사이를 살필 수 있을지 몰라. 그럼 네 개의 모서리 중에 적어도 한 모서리에 제5의 벽이 존재하는지 확인할 수 있겠지.

나는 그의 말을 이해하지 못했다.

─ 단층집 구멍은 벽의 한가운데에 있잖아요? 거기서 고개를 돌릴 수 없는데 어떻게 벽과 벽 사이를 살펴요?

─ 나는 단층집의 배꼽을 말하는 게 아냐.

뭐라고? 방 안에 내가 모르는 다른 배꼽이라도 있다는 말인가?

그러다 나는 깨달았다.

─ 아······.

벽의 오른쪽 가장자리에 새로 생긴 배꼽.

─ 자기가 죽는 순간까지도 다른 사람을 생각하는 구제 불능의 인간이 있는 모양이야.

그것이 B가 등이 아니라 배를 택한 이유였다.

말문이 막혀 잠시 아무 말도 할 수 없었다.

─ 좋아, 지금 알아보러 갈게.

K의 말이 정신을 깨웠다.

─ 네? 어딜 가요?

─ 자러.

시계를 보니 오후 2시였다.

─ 지금 그 방으로 간다고요?

─ 넌 이미 거울을 봤어. 오늘 밤을 넘기지 못할지도 모르지. 하지만 난 거울을 보지 않았으니 안전해. 꿈에서 무언

가 알아내면, 네가 탈출하는 데 도움이 될 수 있어. 아마 저녁 6시까지는 일어나지 못할 거다.

이제 탈출이 가능하다는 것을 기정사실로 여기는 그의 모습에 피식 웃음이 났지만, 한편으로 의문이 들었다.

아무리 방으로 가기 위해서라지만, 낮잠을 그렇게 오래 잔다고?

— 어제 안 잤어요?

그가 대답을 망설였다. 나는 K가 간밤에 한숨도 자지 못했다는 것을 깨달았다. 나에게 B를 혐오하라느니 했어도, 결국 본인은 그러는 데 실패한 것이다.

— 늦어도 저녁 8시 전에는 돌아올게.

13.

오후 3시. K가 일어나기까지는 최소 3시간 이상이 남아 있었다.

여섯 자리 숫자에 대해서는 아무것도 알아내지 못했다. 인터넷에 검색해 보아도 의미불명의 숫자들만이 나열될 뿐이었다.

게임을 시작하고 그 어느 때보다도 탈출구에 가까워졌지만, 수수께끼가 모두 풀리지 않는 이상 진심으로 탈출할 수 있을 거라고 생각하지 않았다. 어쩌면 오늘 밤이 마지막이 될 수도 있었고, 내게 주어진 반나절의 시간은 주변을 정리할 마지막 기회인지도 몰랐다.

B에게도 가족이 있을까, 하는 생각이 뒤늦게 들었다. B가 연락이 없으면 애타게 찾을 사람이 한 명쯤은 있지 않을까. 나는 B가 죽은 이후 얼마나 무신경했던가. B의 이름도, 나이도, 직업도, 사는 지역도 몰랐다. 내가 아는 것은 오로지 휴대폰 번호였고, B는 메신저 프로필마저 실명으로 설정해놓지 않았다.

하지만 만약 B의 신원을 알아내고, 가족이나 친구와 접촉할 수 있다 해도 무슨 말을 할 수 있을까? 그 방에 가보지 않은 사람에게 내가 주장하는 내용이란 믿기기는커녕 들어주기도 힘든 헛소리일 터였다. 차라리 이대로 입을 다무는 것이 더 이상 그 애의 이름에 누를 끼치지 않는 일일 것 같았다.

K의 경우는 더 나빴다. 휴대폰 번호조차 교환하지 않았으니. 다른 많은 온라인 친구들처럼, K도 한번 사라지고 나면 다시는 흔적을 찾을 수 없는 유령이 되리라.

K가 일어나면 꼭 번호를 얻어내리라. 한낱 아저씨

의 번호를 이렇게 적극적으로 원하게 되다니, 인생 오래 살고 볼 일이었다.

주소록을 천천히 슬라이드했다. 즐겨 찾기 목록에 우리 가족이 있었다. 엄마, 아빠, 그리고 형.

내가 사라지면 제일 슬퍼할 사람은 엄마였다. 아빠도 형도 나를 사랑한다지만 엄마만큼 나를 신경 써주는 사람은 없었다. 그러자 오늘 아침 엄마의 부탁을 매몰차게 거절했던 것이 마음에 걸렸다. 비단 오늘 아침뿐만 아니라 매일 질리도록 부탁하는 내용이 거기서 거기이긴 했지만.

우혁이 바깥 공기 좀 쐬게 해라, 날도 좋은데 햇빛 좀 보게 해라…….

형은 형대로 엄마의 사정사정을 지겹게 들었을 것이다. 단 한 번도 들어준 적은 없겠지만 말이다.

그러나 내가 사라지고 마지막 말이 유언이 된다면, 그리고 형이 나를 깊이 사랑한다는 엄마의 말이 진짜라면…… 엄마의 부탁을 형한테 제대로 전달해 보는 게 어떨까? 형의 현 상황을 고려하면 황당하기 그지없는 부탁이었지만, 그래도.

삶의 마지막 날이 될지도 모르는 하루. 귀중한 30분. 나는 그걸 형에게 장문의 문자를 보내는 데 사용했다.

그 골자는 문자의 끝머리에 있었다.

― 가끔은 사람들한테 얼굴 좀 비추고 지내.

그리고 형, 아니 박우혁 놈은 마침 휴대폰을 만지작거리고 있었던 듯했다. 성의라고는 눈곱만큼도 없는 답장이 왔다.

― 얼굴.

이제 됐지, 하고 무심하게 툭 던지는 듯한 말투.

한마디 하려다가 그만두었다. 그래, 유언을 이행하게 하는 데 죄책감만 한 게 없지. 사랑하는 아우가 사라지고 나면 자기가 농담으로 받아친 대꾸가 처절하게 눈에 밟힐 거다.

나는 공책 낱장을 북 찢어 '부모님께'라고 시작하는 긴 편지를 쓰기 시작했다. 내가 실패하면 휴대폰은 나와 함께 사라지겠지만, 이 종이만은 남을 것이다.

종이 밑부분이 푹 젖을 정도로 엉엉 울며 편지를 쓰고 있는데, 편지의 주인공께서 친히 통화를 걸어오셨다.

소매로 콧물을 슥 닦고 아무렇지 않은 척 전화를 받았다.

"어, 엄마. 또 왜."

"날도 좋은데―"

"형 햇빛 좀 보게 하라고. 응. 말했어."

엄마는 할 말을 빼앗기자 횡설수설했다.

"우혁아, 아니 우신아. 정말이니? 정말 전했어?"

"예, 그럼요. 산책해보겠대."

형이 진짜 그런 말을 한 건 아니었지만, 내가 사라지면 앞으로 열심히 하게 될 테니 틀린 말은 아니었다.

"어쩜 좋아! 정말 잘됐다, 잘됐어……."

기뻐하는 엄마의 목소리를 들으니 편지를 쓸 시간에 통화를 할 걸, 하는 생각이 들었다.

뒤늦게라도 얘기를 나누어서 다행이었다.

"뭐 하고 있었니?"

눈물이 번져 얼룩덜룩해진 종이를 내려다보았다. 여간 민망한 게 아니었다.

"……편지 써요."

"편지? 웬 편지?" 엄마가 묻더니 스스로 깨달았다. "아!"

나는 엄마가 생각하는 흐름을 따라가지 못했다. 내가 편지를 쓰고 있는데 엄마가 그게 어떤 편지인지 알아차릴 단서를 내 쪽에서 흘린 적은 없었다. 엄마가 '벽지 뜯기'를 알 리도 없고.

"근데 그 집, 아무도 안 산다더라."

"예? 무슨 소리예요?"

"132-934. 아니야?"

내 얼굴에서 핏기가 가셨다.

"엄마가 그 숫자를 어떻게 알아?"

"옛날 우리 도봉구 살 때 우편번호잖아. 네가 책에 적어놨길래, 별일이다 했지."

눈앞이 핑 돌았다. 머릿속이 엉켜 혼란스러웠다.

"엄마는, 엄마는 그걸 어떻게 기억해요? 십 년도 더 된 번호를?"

"얘는! 고지세 들여다볼 일 없는 너희들이야 관심 밖이지! 한창 뛰어놀 나인데."

엄마가 뱉은 말은 곧 엄마 자신을 슬프게 했다. 그 집에 살던 시절, 한창 뛰어놀 나이에 형의 하반신이 마비되었기 때문이다.

그러나 나의 가슴은 형에 대한 분노와 배신감으로 불볕더위처럼 끓고 있었다.

"엄마, 나중에 전화할게."

"너 진짜로 편지 보내려는 건 아니지? 그 번호 옛 날 거라 아무 소용없다?"

"엄마, 나중에."

옛집에 살던 시절 나는 일곱 살이었다. 살던 당시

라면 몰라도, 이십여 년이 흐른 지금 내가 구 우편번호를 기억할 리 만무했다. 하지만 나와 여섯 살 차이가 나는 형은 당시 열세 살이었고, 지금까지도 번호를 기억할 가능성이 충분했다. 나와의 게임에서 이스터에그처럼 삽입할 만큼.

14.

형형색색의 원목 장난감이 질서 있게 바닥에 놓였다. 완성된 모양은 제법 해수욕장 같아 뿌듯했다. 이 순간을 위해 골라놓은 예쁜 조각들을 한데 그러모았다. 가장 좋아하는 색깔들이었다. 이걸로 남 부럽지 않은 멋진 보트를 만들 거야.

눈에 닿는 모든 곳이 도화지처럼 흰 공간이었다. 하얀 바닥과 대비되어 알록달록한 장난감의 면면이 선명했다. 아니다. 어쩌면 방 안이 온통 희게 느껴지는 이유는, 기억이 너무 오래된 탓인지도 몰랐다.

유리창 밖에서 낯선 여자와 부모님이 대화를 나누고 있었다.

나는 그들을 한 번 쳐다봤다가, 다시 나무 조각으

로 시선을 돌렸다.

끼릭끼릭.

기분 나쁜 소음이 들렸다. 나는 소리가 나는 쪽을 쳐다보지 않으려고 애썼다.

"우신아."

그러나 형은 웃으며 나를 내려다보고 있었다.

"문이 없는 방을 상상해볼래?"

* * *

불면으로 쌓인 피로와 수면제 반 알 덕택에 K는 어렵잖게 방에 입성할 수 있었다. 그러나 벽지를 마주한 순간, 그가 필요했던 건 수면제가 아니라 진정제였다는 사실을 깨달았다.

어제까지만 해도 대화를 나누었던 사람의 일부가 물건이나 장식처럼 벽에 부착되어 있다는 건 맨정신으로 참기 힘든 일이었다.

B뿐만이 아니었다. K가 알던 사람들 몇몇이 이곳저곳에 붙어 있었다. K는 의식적으로 그쪽을 보지 않으려 애썼다. 망할 돌고래들. 그놈들이 있던 자리에 사람 가죽이 씌었다. 방이 제공하는 여러 단서에도 불구

하고 B가 벽지의 재료를 알아차리지 못했던 건 행운이었다. B와 절친했던 소혜는 책상 뒤편의, 눈에 잘 띄지 않는 벽지가 되었다. 그리고 친구가 맞이한 결말이 머지않아 B의 것이 되는 건 정해진 수순이었다. K는 부디 B가 마지막까지 자신의 운명을 눈치채지 못했기를 바랐다.

하지만 그녀의 마지막 선택을 고려하면, B는 자신의 최후가 무엇인지 알았고 구멍의 용도도 어느 정도 이해하고 있었음이 분명했다. 물론 신체 부위로 배를 선택한 것이 B 자신인지는 확실치 않았다. 그러나 G가 설득력 있게 제5벽의 존재를 도출해낸 만큼, 벽지가 될 부위를 선택하는 쪽은 살인자가 아니라 피해자들이라는 주장에도 힘이 실리는 듯했다.

K는 철제 서랍이 있는 벽으로 시야를 이동했다. 기기서 맨 오른쪽을 향해 눈을 굴리면, 간신히 나비 모양을 분간할 수 있었다. B가 삼켜졌다는 말을 듣고 예상했던 사항이었지만, 역시나 그쪽에 있던 돌고래는 사라지고 없었다.

가슴 가득 참담함이 차올랐다.

K는 심호흡을 했다. 단 한 명의 목숨이라도 살리기 위해서는, 차분히 생각하고 행동해야 했다.

구멍에 가까이 다가가면 신체의 자유도가 늘어난다.

그것은 경험적으로 입증된 사실이었다. 그래서 G와 대화할 때만 해도 B 주위의 벽을 살펴보는 게 가능하다고 생각했다.

그러나 이제 와 보니 구멍에 다가가는 것 자체가 문제였다. 어찌 됐든 구멍이기만 하면 그것을 확대할 수 있을 거라고 추측했으나 오산이었다. 시스템은 유저가 확대해서 살펴볼 수 있는 물체에 제한을 두고 있었고, 새로 추가된 B의 배꼽 구멍은 그 물체에 해당하지 않았다. 이건 B도 예상하지 못했을 것이다.

예외적으로 신체의 자유도가 급격히 늘어나는 상황이 있기는 했다. 방의 주인이 임의로 움직임을 허용할 경우였다. B가 아이로부터 거울을 보라고 위협을 받았을 때가 그랬다. 당시 B는 팔을 들어 목 뒤를 보호할 수 있었다.

만약 거울을 보라고 협박을 받는 순간 확대 가능한 물체를 벽 모서리에 던져놓는다면 어떨까? 이를테면 일기장을 던져놓으면, 일기장을 확대해서 벽과 벽 사이를 살필 수 있지 않을까?

이 작전의 문제는 시스템이 K가 거울을 보도록 압박한 적이 없다는 것이었다.

왜 시스템은 자신에게 위협을 가하지 않았을까?

입에서 한숨이 토해져 나왔다. 기껏 잠에 빠져든 보람이 없었다.

지푸라기라도 잡는 심정으로 보관함을 들여다보며, 어떻게든 활용할 수 있는 도구를 찾았다. 칼. 이미 사용했고. 펜. 사용했고. 헤라.

사용했지만, 헤라는 시스템에서 제공하는 기본 도구다.

그 순간 벼락같은 깨달음이 K를 스쳤다. 왜 지금껏 이걸 생각 못 했을까?

찰나의 시간이 흐른 후, K는 서서히 제5의 벽에 가까워지고 있었다.

그것이 '벽지 뜯기'에서 유일하게 참을 만한 요소였다. 다리를 사용하지 않고도 물체에 다가설 수 있다는 점.

마침내 제5의 벽이 모습을 드러내자, K는 허탈한 웃음을 터뜨렸다.

벽에는 거울이 걸려 있었다.

거울 속에서, 자신의 뒤편으로 불길한 그림자처럼 서 있는 아이의 모습이 보였다. 그 아이를 보고 나서야 K는 자신이 지금껏 거울을 보라는 압박을 받지 않은 이유를 깨달았다.

이건 처음부터 자신을 위한 거울이었다.

"이런 덫이라면, 누가 걸린다 해도 이상할 게 없겠네."

K는 스스로가 최선을 다했다고 위로하고 싶었다. 자신이 이 방에서 벗어날 길은 없었다.

그가 아이에게 말을 건넸다.

"이 순간을 기다린 거지, 그렇지?"

아이는 대답하지 않았다.

거울 표면이 부글부글 끓기 시작했다.

15.

형의 집으로 향하는 동안, 가장 걱정스러웠던 사람은 나도 아빠도 아닌 엄마였다.

나는 형이 저지른 짓을 알고 있고 형이 나쁘다는 것도 알고 있다. 박우혁도 그건 인정할 것이다. 아빠는 형을 포기한 지 오래였다. 하지만 엄마는…… 형이 선하고 마음 약한 사람이라고 굳게 믿고 있었다.

형을 만나면 어떻게 대처해야 할까. 아무래도 경찰

을 대동하는 게 좋을 것 같았다. 하지만 무슨 근거로? 우리 형은 꿈에서 사람을 죽이는 살인자라고? 얼토당토않은 얘기로 들릴 터였고, 박우혁은 간단히 풀려날 것이다. 애초에 체포되지도 않을 것이다. 그리고 진실을 깨달은 나를 가만두지 않을 것이다.

필요하다면 형을 죽여야 했다. 내가 형을 죽인 걸 엄마가 알게 되면 충격에 까무러치겠지만, 그건 형이 아니라 괴물이었다.

어스름이 내리고 있었다. 오늘따라 복도식 아파트에 깔린 어둠이 으스스해 보였다.

905호 앞에 서서 현관문을 두드렸다.

"형, 나야. 집에 있지?"

하나 마나 한 질문이었다. 형은 언제나 집에 있었다. 지금도 문 뒤에서 내 목소리를 듣고 있을 것이었다.

"엄마가 비타민 전해달라는 걸 깜빡했어. 문고리에 걸어놓고 갈게?"

문고리를 흔든 후 발소리를 점차 줄여가며 현관 앞에서 멀어지는 척했다. 그리고 만약 문이 열리면 붙잡을 수 있을 만한 거리에 서 있었다.

천장에 달린 동작 감지 등이 차례로 꺼지고, 복도는 어둠에 잠겼다.

심장이 쿵쾅거렸다.

귀를 기울이자, 형의 옆집에서 친숙한 생활 소음이 들렸다.

형의 집에서는 아무 소리도 들리지 않았다.

마음속으로 30을 세고는, 벽에서 등을 뗐다. 더는 기다리지 않기로 했다. 시간이 오후 일곱 시로 넘어가고 있었다. K는 늦어도 여덟 시까지 돌아온다고 말했다.

"형, 나 들어간다."

문을 두드리고 비밀번호를 눌렀다. 엄마는 몰랐지만, 나는 언제나 형의 현관 비밀번호를 알고 있었다. 거동이 불편한 사람이 있다면 가족 중 누군가는 비밀번호를 알고 있어야 위급한 상황에 제때 대처할 수 있다는 생각에서였다. 그 위급한 상황이 이런 종류의 것이 될 줄은 몰랐지만.

현관문이 열리고 동굴처럼 컴컴한 내부가 입을 벌렸다. 문이 닫히자 어둠은 더욱 짙어졌다. 신발장 위의 전등은 고장이 났는지 작동되지 않았다. 오랫동안 환기하지 않은 실내에서 퀴퀴한 냄새가 났다.

바지춤에서 캠핑용 나이프를 꺼냈다.

"형?"

이사를 도운 이후로 이 집에 발을 들인 적이 없었

다. 화장실을 포함해 방이 두 개라는 건 알았지만, 문이 있는 정확한 위치는 기억나지 않았다. 칼을 들지 않은 손으로 벽을 더듬거리며 스위치를 찾았다. 벽을 짚은 손에서 바스락거리는 소리가 났다.

이게 뭐지? 종이?

이 집의 주인이 '벽지 뜯기'를 고안한 사람이라는 점을 고려하면, 벽에 손을 대지 않는 게 현명했다. 그러나 솔직히 말하면, 알 수 없는 물체를 만지는 것보다 칠흑 같은 어둠 속을 헤치고 가는 것이 더 무서웠다.

모든 게 낯선 나와 달리 형은 어둠 속에서도 익숙하게 돌아다닐 수 있을 터였다. 형이 어둠 속 어딘가에서 나를 바라보고 생각하자 신경이 곤두섰다. 내 귀는 휠체어 바퀴가 구르는 소리를 들으려고 쫑긋 세워져 있었다.

끼릭끼릭.

무릎에 둔탁한 것이 닿았고, 반사적으로 손을 휘둘렀다. 칼 손잡이가 물체를 밀어냈다.

끼릭끼릭.

왼손에 스위치의 테두리가 잡혔다. 불이 켜졌다.

텅 빈 휠체어가 거실 바닥을 굴러가고 있었다······.

나는 눈앞의 풍경에 얼어붙었다. 사방의 벽에 무언

가를 휘갈긴 종이들이 아무 규칙도 없이 띄엄띄엄 붙어 있었다. 꽤 높은 곳에 붙어 있는 종이도 있었는데, 다리가 불편한 형이 어떻게 저기까지 손이 닿았는지 의문이었다. 장대 같은 거라도 사용한 걸까?

바닥에도 종이들이 흩어져 있기는 마찬가지였다. 발로 장애물을 밀치며 신중하게 방문을 열어보았지만, 형은 없었다. 형이 언제부터 외출을 하게 됐을까? 낌새를 느끼고 도망친 걸까?

그 생각은 거실에 남겨진 휠체어를 보고 바뀌었다.

형은 휠체어가 없으면 이동할 수 없다. 다리를 움직일 수 없으니까.

……정말 움직일 수 없나?

내 기억 속의 형은 아주 어릴 때를 제외하고 대부분 휠체어를 탄 모습이었다. 의자에 앉아 있지 않으면, 오로지 팔의 힘만으로 바닥을 기어 다니곤 했다. 언제나 그런 모습이어서 의문을 가질 새도 없었다.

우두커니 거실에 서서 주인 없는 휠체어를 바라보고 있자니, 내가 형에 대해 확신할 수 있는 점이 아무것도 없다는 생각이 들었다.

K는 아직 잠에서 깨어나지 않았고, 형은 사라졌다. K가 나타나지 않으면 나는 게임의 유일한 플레이어가

되리라.

그리고 나를 사랑하는 형은 만족스럽게 최후의 벽지를 붙여 자신의 왕국을 완성할 것이다.

나라는 마지막 벽지를.

고개를 획획 돌렸다. 그렇게 내버려 둘 순 없었다.

벽에 붙어 있는 무질서한 종이들을 훑어보고, 발에 차이는 종이들을 손으로 집어 올렸다. 내게 해답을 줄 수 있는 단서를 찾아 헤맸다. 어떤 종이에는 벽지 뜯기에 관한 내용이 있는 반면, 아무리 봐도 그저 낙서에 불과한 것도 있었다.

저녁도 거른 채 세 시간이 넘도록 방을 뒤적였다. 포기하고 싶다는 마음이 들 즈음, 생경한 내용이 담긴 메모를 발견했다.

9월 14일

인간은 모든 것을 보고 있다고 착각하지만, 시야에는 언제나 사각지대가 존재한다.

완전한 시야를 얻기 위해서는 바닥부터 시작할 용기가 있어야 한다.

어제 꿈에서 본 일기는 9월 13일에 쓰인 것이었다.

그렇다면 이 일기는 나의 오늘 밤을 위해 형이 준비한 단서일 것이다. 꿈을 꾸게 되면 어차피 보게 될 내용이 겠지만, 미리 숨은 뜻을 생각해보는 게 좋을 것 같았다.

지칠 대로 지친 나는 종이를 내던지고 바닥에 주저앉았다. 현관 쪽을 바라보니, 미동 하나 없이 조용했다.

형은 돌아올 것이다. 내가 여기 있으니까.

나는 형을 기다리기로 했다.

16.

새벽 한 시. K는 연락이 없었다.

나는 형의 집에서 잠을 자기로 결심했다. 9월 14일의 일기를 탐구한 결과, 나는 제5의 벽으로 가는 방법을 알아냈다. K가 실패한 이상 더 지체할 이유도 없었다.

잠에 빠져 있는 동안 형에게 습격당할 수는 없었다. 현관문에 걸쇠를 걸고, 열쇠로만 열 수 있는 문고리도 잠갔다. 형이 쇠를 절단하는 장비를 가져오지 않는 이상은 내게 접근할 수 없었다.

캠핑용 나이프를 손에 닿는 곳에 두고, 종이를 치워 내 몸만큼의 공간을 만들었다.

바닥에 누우니 죽을 만큼 피곤했다. 정말이지 긴 하루였다.

곧 형을 만날 수 있을 것이다.

시야에는 사각지대가 존재한다, 그리고 완전한 시야를 위해서는 바닥부터 시작할 용기가 있어야 한다.

그것이 일기장의 내용이었다.

사각지대는 제5의 벽을 상징하는 용어일 것이다. 플레이어의 눈에 미처 들어오지 않았던 지점. 그곳으로 가기 위한 방법은 두 번째 문장에 있었다.

바닥부터 시작해야 한다는 것.

처음에는 이것을 글자 그대로의 바닥으로 받아들였다. 그래서 바닥에 무언가 숨겨진 비밀이 없는지, 바닥에 어떻게 접근해야 하는지를 고민했다.

그러나 천장과 마찬가지로 바닥은 접근할 수 없는 구역이었다. 나는 바닥을 제대로 볼 수도, 만질 수도 없었다.

생각을 바꾸어, 바닥을 비유적인 의미라고 가정해 보기로 했다.

바닥부터 시작한다는 것은 처음부터 시작한다는 의미이기도 했다. 게임을 갓 실행했을 때가 떠올랐다.

화면에는 방의 풍경과 보관함, 그리고 다음 벽으로 넘길 수 있는 흰색 화살표 한 쌍이 있었다. 당시 나는 다른 방 탈출 게임처럼 천장이나 바닥을 볼 수 없는 게 의외라고 느끼긴 했지만, 딱히 사각지대가 있다고 생각하지는 않았다.

그러나 일기장의 글귀처럼, 사각지대는 언제나 존재했다. 설사 제5의 벽이 없더라도 마찬가지였다. 플레이어가 보지 못하는 공간은 항상 존재했다.

화면 오른쪽에 항상 떠 있는 보관함. 그것이 오른쪽 끝의 시야를 늘 가리고 있었기 때문이다.

보관함이 담고 있는 도구 목록은 보관함 아이콘을 누른다고 해서 접어지지도 않았고, 도구를 사용하지 않는 동안 자동으로 사라지지도 않았다. 설정에 보관함을 숨기는 기능이 명시되어 있는 것도 아니었다.

그러면 보관함을 어떻게 눈앞에서 치울 수 있을까?

바닥부터 시작하는 것.

아무것도 들고 있지 않은 상태에서 시작하는 것이었다.

이것은 온라인으로 방 탈출 게임을 즐기는 모든 플

레이어들의 맹점을 노린 트릭이었다. 방 탈출 게임에서는 최대한 많은 도구를 확보해야 한다. 도구들이 탈출에 꼭 필요하다는 생각 때문이다. 사용된 도구가 자동으로 보관함에서 지워지는 시스템이 있는 반면, 그렇지 않은 시스템도 있는데, 후자의 경우 플레이어는 한 번 사용한 도구가 혹시라도 나중에 필요할까 봐 쉽게 버리지 못한다. 처음부터 보관함에 담겨 있는 기본 도구라면 당연히 애지중지할 수밖에 없다.

그러나 '벽지 뜯기'의 주체는 내가 아니라 이 방의 주인이다. 그러니 기본 도구가 헤라라는 점 자체가 아이러니인 셈이다.

나는 보관함에 담겨 있는 도구들을 모조리 버리고, 마지막으로 헤라를 버렸다. 바닥에 챙강챙강 물건들이 떨어졌다.

보관함 안이 텅 비었다. 그러자 보관함은 천천히 시야 한가운데로 옮겨졌다. 나란히 붙은 두 벽을 정확히 반씩 가르면서 말이다. 게임을 시작한 이후 처음으로 나는 두 개의 벽을 동시에 보고 있었다. 시선의 오른편에는 철제 서랍이 있는 벽이, 왼편에는 작업대가 있는 벽이 자리했다. 방이 보다 입체적으로 느껴졌다. 그리고 내가 그토록 원하던 메시지가 떴다.

보관함을 접으시겠습니까?

물어보나 마나 한 질문이었다. 예.

보관함이 접힙니다.

나는 드디어 제5의 벽에 접근했다는 사실이 뿌듯해서 보관함 뒤에 무엇이 있을지 미처 생각하지 못했다.

황동 손잡이가 달린 문이라도 기대한 걸까?

적어도 내 소원은 이루어졌다. 나는 형을 만났다.

형은 눈구멍이 텅 빈 채, 잔뜩 짓무른 얼굴을 하고는 벽에 붙어 있었다. 아니, 그건 잘못된 묘사였다.

형의 짓무른 얼굴만이 벽에 박혀 있었다.

나는 물러나려 했다. 그러나 제5의 벽은 내가 시야를 뒤로 물리는 걸 허용하지 않았다.

형의 늘어진 얼굴 가죽 앞에서 나는 오열했다.

마지막으로 형에게 문자를 받았던 기억이 나를 아프게 했다.

―얼굴.

그때는 형이 답장을 했다고 생각했다. 그러나 그것

은 K가 이 방에서 보낸 문자였다.

며칠 동안 대화를 나누었으면서도 나는 K가 누군지 깨닫지 못했다.

만약 더 일찍 K의 번호를 받았다면, 그래서 형과 내가 같은 일을 겪고 있다는 사실을 알았더라면, 그러면 형을 의심하는 일 따위 없었을 텐데.

나는 죄책감에 울부짖었다.

"형, 형⋯⋯. 미안해⋯⋯."

그러자 등 뒤에서 목소리가 들렸다.

"형, 혀엉."

그 새끼였다.

"미안해애."

아이가 키득거렸다.

그 작은 악마는 내 목덜미로 다가오더니 귀에 날큼한 숨을 불어넣었다.

아이의 기억이 나에게 흘러들어왔다. 그건 분명 나의 기억이었지만, 나에게는 없는 기억이었다.

일곱 시를 가리키는 시침이 미친 듯이 흔들리기 시작했다.

* * *

먹구름이 잔뜩 끼었던 날, '나'는 부엌 창가에 앉아 트렁크에서 짐을 내리는 아빠를 보았다. 형은 차에서 내려 바람 빠진 튜브와 고무공을 자랑처럼 품에 안았다. 바닷바람을 맞은 얼굴에 얄밉게도 혈색이 돌았다.

나를 돌봐주던 여자는 자동차를 보자 앞치마에 손을 닦고 뒷문으로 나갔다. 형과 여자가 인사를 나누었다. 열린 문으로 형의 몸에 묻어온 소금기 가득한 바람 냄새가 들어왔다. 이제 여자는 엄마와도 인사를 나누었다.

나는 깁스를 찬 오른발을 벽에 쿵쿵 찧었다.

차에 있는 짐을 모조리 옮긴 형은 마당에 묶여 있던 자전거를 풀었다. 그것이 형의 일과였다. 매일 자전거를 타는 것. 며칠씩이나 보트를 타느라 자전거를 타지 못했을 테니 이제 자전거를 탈 차례였다. 형이 자전거를 끌고 천천히 마당을 가로질렀다. 형은 언제나 자전거를 마당에 묶어 두었다.

"우신이 많이 심심했지."

엄마가 내 작은 머리통을 손바닥으로 연신 쓸었다. 나는 남은 물기를 완전히 말리기 위해 울타리에 걸려 있는 튜브를 바라보고 있었다.

여자가 대신 대답했다.

"혼자 마당에서 잘 놀던데요."

* * *

형은 창백한 얼굴로 침상에 누워 있었다. 감긴 눈에서 관자놀이를 타고 하얗게 말라붙은 소금 길이 열려 있었다. 꼭 소금기를 먹은 바닷바람 같았다. 엄마의 뺨에서도, 아빠의 뺨에서도 바닷바람 냄새가 났다.

형의 다리에는 내 것보다 더 두꺼운 깁스가 둘려 있었다. 당연했다. 나는 겨우 일곱 살이었고, 나보다 여섯 살 먹은 형은 나보다 다리가 길고 컸다. 그걸 감안하더라도 더 두꺼운 것 같았지만.

"그래도 내가 불리해."

아빠는 아무 말도 하지 않았다. 나는 같은 말을 반복했다. "그래도 내가 불리해."

그러자 아빠가 아주 조금 관심을 보였다.

"뭐라고?"

"형은 돌고래 보트를 탔잖아."

"그게 무슨 뚱딴지같은 소리냐?"

"여행 얘길 하는 거야." 엄마가 말했다. "며칠 전에 바다 간 거."

"보트는 무슨 얼어 죽을 보트."

"보트 안 탔어?"

내가 물었지만, 이번에는 아빠도 엄마도 대답해주지 않았다.

"보트 안 탔어?"

"조용히 해!"

나는 입을 다물었다. 하지만 배실배실 새어 나오는 웃음을 참을 수 없었다.

오른발의 깁스를 내려다보며 양다리를 앞뒤로 신나게 흔들었다.

"그럼 형이랑 나랑 똑같네."

17.

"문이 없는 방을 상상해볼래?"

나는 형을 위해서 우리가 흰 공간에 간 거라고 생각했다. 하지만 그곳은 나를 치료하기 위한 공간이었다. 거기서 형은 내게 나쁜 '나'를 가두는 법을 알려주었다. 아마 형이 떠올린 발상은 아니었을 것이다. 형은 그런 감옥을 고안하기에는 너무 여렸다.

문이 없는 방이라는 아이디어는 나를 매료시켰다. 놀고 있던 나는 원목 조각 하나를 집어 들었다. 그런 방이 단순히 직육면체 모양이라면 실망스러울 것 같았다.

다행히 원목 장난감에는 상상력을 자극하는 다면체들이 많았다.

어느 새벽 부모님이 수심 깊은 얼굴로 나누었던 대화도 이제야 이해가 되었다.

"우신이와는 다른 애야."

그건 형 얘기가 아니었다. 내 안에 있지만 나와는 다른 존재에 대한 이야기였다.

이것은 내가 설계한 방이었다. 내가 이 방에 아이를 가두었다. 십여 년이 흐른 지금 이곳은 아이의 원념이 담긴 공간이 되었지만, 아이는 방 밖으로 나가기 위해서 여전히 나를 필요로 했다. 오직 창조자인 나만이 방의 문을 열 수 있었기 때문이다.

문을 활성화하시겠습니까?

내가 아무 반응이 없자, 아이가 나의 목덜미에 대고 칼날을 눌렀다.

고통이 나를 상념에서 깨웠다. 칼날이 더 깊이 박히자, 나는 '예' 버튼을 눌렀다.

그러자 형의 얼굴이 꿈틀거리며 움직이기 시작했다. 안구가 적출된 형의 얼굴은 앞을 볼 수 없다는 공포에 휩싸여 잔뜩 일그러졌다. 벌어진 입에서는 고통 때문에 침이 흘러나오고 있었다.

나는 그 모든 것을 두 눈 뜨고 지켜봐야 했다.

"취소해줘, 제발 취소해줘!"

아이에게 소리쳤지만 아이는 들은 척도 하지 않았다.

"우인이?"

형의 목소리가 들렸다.

"우인아, 어야?"

형은 늘어진 입술과 뭉개진 발음으로 나를 불렀다. 그 끔찍한 얼굴을 외면하고 싶었다.

"형……."

"여이어, 아아."

"나야……."

"앙여. 아여."

"우신이야……."

눈물이 멈추지 않고 흘러내렸다. 형은 알아들을 수 없는 말을 끊임없이 웅얼거렸다.

그제야 나는 깨달았다. 책상 아래 있던 눈코입이 망가진 인형. 그건 형을 빚어 만든 인형이었다. 가면을 벗겼을 때 보았다고 착각한 내 얼굴은, 나와 무척이나 닮은 내 형제의 얼굴이었다.

작은 발바닥 두 개가 사뿐히 바닥으로 내려왔다. 다음 순간 허벅지에 홧홧한 고통이 퍼졌다.

"으아악!"

나는 비명을 질렀다. 주저앉고 싶었지만 시스템은 그걸 허용하지 않았다.

"열어."

아이가 차갑게 명령했다.

"뭐, 뭘?"

"문 열라고."

아이는 내 다른 쪽 허벅지에 칼을 댔다.

"너도 병신으로 만들어줘?"

나는 겁에 질려 소리를 질렀다.

"무슨 소리야, 문이 어딨다고!"

그러자 아이의 발이 내 등을 거칠게 밀쳤다. 나는 제5의 벽으로 훅 떠밀렸다. 화면이 높은 배율로 확대되었다. 나는 벽에 부딪히지 않으려고 손으로 앞을 휘저었다.

철썩.

두 손이 형의 얼굴을 붙잡았다. 피부에 손이 닿자 형이 고통스러운 비명을 터뜨렸다. 나는 황급히 손을 뗐다. 형의 얼굴은 화상을 입은 것처럼 물렁거렸다.

"열어."

아이가 재차 말했다.

그리고 나는 깨달았다. 구멍 가까이에서 신체의 자유도는 올라가고, 구멍은 탈출구와 직결되어 있다……

나는 손을 움직일 수 있었다. 그리고 그것은 문고리를 당기기 위해 허용된 자유였다.

형이 입을 쩌억 벌렸다. 내 손이 들어갈 수 있을 만큼 크게.

"여이어, 아아."

형은 여기서 나가라고 말하고 있었다.

"앙여, 아여."

자신의 입에 손을 넣고 당겨서.

그래서 아이는 형을 필요로 했을 것이다. 나를 위해 문고리가 되어줄 사람은 형밖에 없었을 테니까.

하지만 만약 문을 연다면…….

"빨리 열어."

아이는 방 밖으로 탈출하고, 탈출하는 즉시 나를 죽일 것이다. 그러면 나라는 자아는 사라지고, 아이의 자아가 내 몸을 차지하게 된다.

아이의 초인적인 힘은 평범한 인간인 내가 감당할 수 있는 게 아니었다. 게다가 나는 신체의 일부만을 움직일 수 있다는 패널티가 있었다.

"아아, 여이어 아아."

그러나 형은 거듭 여기서 나가라고 말했다. 그것은 형이자 K의 판단이었다. K가 그토록 확고하게 말한다면 그만한 근거가 있을 터였다. 내가 아이를 이길 수 있는 근거가.

그러지 않았다면 K는 자신을 희생하지 않았을 것이다. 희생해봤자 어차피 나도 죽을 운명이라면 자신의 몸을 바칠 까닭이 없었다.

그래서 나는 형의 입 안에 손을 집어넣었다. 그제야 형은 말하기를 멈추었다.

형은 비명을 지르지 않았다. 질렀어도 내 울음소리에 묻혀버렸을 게 분명했다. 오른손에 닿은 형의 이와 혀, 침과 피로 범벅이 된 입술의 감촉을 나는 평생 잊지 못할 것이다.

내가 절대 씻을 수 없는 죄악의 감촉을.

인형의 입에서 피가 쏟아졌다.

벽의 모서리가 갈라지고, 그 틈으로 눈 부신 빛이 새어 나왔다. 빛은 천장에서 가까운 쪽부터 내리쬐기 시작했다. 아이는 흥분한 거미처럼 천장으로 기어 올라갔다.

문을 활짝 열어젖히는 동시에 나는 재빨리 고개를 숙였다.

이 방은 아이의 오랜 원념이 깃든 공간이었다. 그래서 아이의 규칙이 방을 지배하고 있었다.

반대로 말하면, 방을 벗어나는 순간 내게 걸린 신체의 제약도 사라진다는 얘기였다.

천장에서 쇄도한 아이는 나의 목덜미를 베지 못하고 그대로 굴러떨어졌다. 그 바람에 쥐고 있던 칼도 바닥에 떨어뜨렸다.

나는 아이에게 달려들어 목을 졸랐다.

방이라는 자신의 공간 밖으로 나온 아이는 초자연적인 힘을 가진 악마가 아니라 평범한 일곱 살짜리로 돌아와 있었다. 물론 아무리 잘 쳐줘도 평범한 일곱 살이라고 말하기는 어려웠지만, 완력만은 제 나이 또래와 비슷했다. 아이는 뒤늦게 눈망울에 동정을 구하는 불쌍한 표정을 담았다. 갸륵하게도.

내 손아귀에 전혀 힘이 빠지지 않자, 아이의 눈에 냉혹한 분노가 돌아왔다. 아이는 바닥에 떨어진 칼을 쥐려고 손가락을 쥐었다 폈다 했지만, 손잡이에 닿지 못한 손은 애꿎은 칼날만 스치고 있었다. 아이의 손끝에서 피가 배어 나왔다.

어차피 아이가 칼을 쥔다 해도 내게는 큰 차이가 없었다. 목이 졸리는 자세에서 칼을 잡고 휘둘러봤자, 어린아이의 짧은 팔로는 내 급소에 미치지 못할 것이다. 고작 손이나 팔을 조금 베고 그만이겠지. 그리고 겨우 그런 상처만으로 나는 아이의 목을 쥔 손을 놓을 생각이 없었다. 필요하다면 다리 한쪽을 내줘서라도 놈의 목숨을 빼앗을 생각이었다.

아이의 몸에서 힘이 빠져나갔다. 눈구멍에는 서서히 흰자위가 드러났다.

아이는 마침내 칼날을 쥐었지만, 그뿐이었다. 날을 돌려 나에게 휘두를 힘은 남아 있지 않았다.

아이가 팔다리를 축 늘어뜨리고 나서야 나는 손아귀의 힘을 풀었다.

어린 나 자신의 목을 조르고 죽여도, 형의 입에 손을 넣고 잡아당긴 느낌은 지워지지 않았다. 오히려 모든 것이 끝나자 그 느낌은 더욱 생생하게 재생되었다.

나는 무릎을 꿇고 격렬한 울음을 터뜨렸다.

툭.

허벅지에 무언가가 닿은 것은 그때였다.

아이의 조막만 한 손바닥이 내 허벅지에 닿아 있었다. 허벅지에는 아이가 나를 칼로 베었던 상처가 벌어져 있었다. 아이는 조용히 미소 지었다. 돌아간 흰자위 아래로, 벌어져 위로 올라간 입술이 보였다.

아이의 손이 힘없이 툭 떨어졌다.

드러난 손바닥에는 피가 흥건히 묻어 있었다. 그것이 칼날을 쥐어 흘러나온 것인지 내 허벅지의 상처에서 흘러나온 것인지는 구별이 되지 않았다.

허벅지로 스며든 아이의 피가 심장 소리에 맞춰 전신으로 퍼져나가고 있었다.

18.

밤의 병원에 고요가 내려앉았다.

병실은 어두웠다. 환자복 차림의 남자가 창밖의 불빛을 받으며 누워 있었다. 창백한 몸과 연결된 기계에서 간헐적으로 삑삑 소리가 났다.

어머니가 아들의 손을 잡고 있었다.

소식을 듣고 병원에 달려왔을 때, 아버지는 침상에 누운 아들을 보고도 놀란 기색이 없었다. 침대 쪽을 흘깃 보고는 한숨을 쉬면서 문밖으로 나갔을 뿐이었다. 지금쯤 어느 조용한 곳에서 야경을 바라보며 줄담배를 태우고 있으리라.

아들의 눈은 선명하게 뜨여 있었다. 그러나 어머니는 마치 자식이 사경을 헤매고 있기라도 한 것처럼 오매불망 바라보았다.

홀로 남은 어머니가 중얼거리는 것은 늘 같은 질문이었다.

"우신아……."

아들의 눈동자는 미동도 없이 천장에 꽂혀 있었다.

"형은 어디 있니?"

우신은 말을 알아들은 기색이 없었다. 지금까지 단 한마디도 한 적이 없었다. 의사도 실어증에 대해 속시원한 답을 주지 못했다.

"우리 아들……."

어머니가 아들의 팔을 쓰다듬었다. 우신은 아무것도 느껴지지 않는지 반응이 없었다. 눈동자는 여전히 천장에 붙들려 있었다.

목소리가 점점 잦아들었다.

"우리 아들 우혁이는 어디 있어……."

그 이름을 들은 우신의 죽은 듯한 얼굴에 생기가 깃들더니, 두꺼비 같은 눈이 데굴데굴 굴렀다. 안구를 덮고 있는 살들이 좌우로 밀려나고 안쪽에 감춰져 있던 빨간 실핏줄이 드러났다.

깜짝 놀란 어머니는 몸을 일으켰다. 우신의 눈동자가 뒤집힐 듯 천장을 훑고 있었다.

어머니는 아들의 시선이 향하는 곳을 따라갔다.

천장과 벽이 만나는 곳, 면과 면이 닿아 모서리를 이루는 곳에 우신의 눈은 닿아 있었다. 일직선으로 이어지던 모서리는 벽기둥을 만나 꺾어졌다가, 기둥이 끝나는 곳에서 다시 곧은 선을 그리며 나아갔다. 우신은 그 모든 선의 변화를 탐닉하듯 들이마셨다.

낯선 방.

넓지도 좁지도 않은 공간에 펼쳐진 아름다운 선의 변주들을.

어머니는 아무것도 이해하지 못했다. 다른 사람에게는 무의미할 지도였다.

멍하니 천장을 올려다보던 어머니가 고개를 떨어뜨렸다. 다시 내려다본 우신의 눈동자에 평온이 깃들어 있었다. 어머니는 자기도 모르게 아들의 손을 놓아 버렸다. 그러자 손가락이 잡아당길 무언가를 찾는 것처럼 침대 시트를 강하게 긁었다.

아이의 오른손이 감추지 않아도 되는 기쁨으로 세차게 떨렸다.

<끝>

중편들, 한국 공포문학의 밤
벽지 뜯기

1판 1쇄 찍음 2024년 9월 5일
1판 1쇄 펴냄 2024년 9월 20일

지은이 | 우재윤
발행인 | 박근섭
편집인 | 김준혁
펴낸곳 | 황금가지

출판등록 | 2009. 10. 8 (제2009-000273호)
주소 | 06027 서울 강남구 도산대로 1길 62 강남출판문화센터 5층
전화 영업부 515-2000 **편집부** 3446-8774 **팩시밀리** 515-2007
홈페이지 | www.goldenbough.co.kr

도서 파본 등의 이유로 반송이 필요할 경우에는 구매처에서 교환하시고
출판사 교환이 필요할 경우에는 아래 주소로 반송 사유를 적어 도서와 함께 보내주세요.
06027 서울 강남구 도산대로 1길 62 강남출판문화센터 6층 민음인 마케팅부

ⓒ우래윤, 2024. Printed in Seoul, Korea
ISBN 979-11-7052-434-2 04810
ISBN 979-11-7052-429-8 04810(세트)

㈜민음인은 민음사 출판 그룹의 자회사입니다.
황금가지는 ㈜민음인의 픽션 전문 출간 브랜드입니다.